Bernsteins beste Fälle

SVEN KNÜTTER

Bernsteins beste Fälle

Bibliografische Information der Deutschen Nationalbibliothek:
Die Deutsche Nationalbibliothek verzeichnet diese Publikation in der
Deutschen Nationalbibliografie, detaillierte bibliografische Daten
sind im Internet über dnb.dnb.de abrufbar.

TWENTYSIX – Der Self-Publishing-Verlag
Eine Kooperation zwischen der Verlagsgruppe Random House und
BoD – Books on Demand

© 2017 Sven Knütter

Coverabbildungen: mRGB/ Shutterstock.com
Fantom666/ Shutterstock.com

Coverdesign, Satz, Herstellung und Verlag:
BoD – Books on Demand, Norderstedt

ISBN: 978-3-7407-3172-4

INHALT

Rätselhafte Lichter	7
Ein vielversprechendes Mahl	43
Kerzen im Schloss	77
Geheimnisvolles Nachtschränkchen	122

Rätselhafte Lichter

Das alte Landhaus der Zeysichs lag in einem abgeschiedenen, geheimnisumwitterten Tal. Einer jahrhundertealten Sage nach sollten hier Geister ihr Unwesen treiben und andere geheimnisvolle Mächte ihr dunkles Spiel spielen. Auch ansonsten war die Gegend hier alles andere als einladend. Der Bereich rund um das Anwesen war unwirtlich; Dornengestrüpp, Brennnesseln und vermoderte Pflanzen beherrschten das Bild. Wanderer verirrten sich nur ganz selten in diese Gegend, zumal es an einigen Stellen auch sumpfig war.

Das Anwesen selber passte exakt in diese Umgebung. Die Hofauffahrt war unbepflanzt, die Mauern waren moosbewachsen und verwittert, das Dach war schon seit Jahrzehnten nicht ausgebessert worden. Das Gebäude bestand aus einem kleinen Mittelteil und zwei Flügeln, die zur Auffahrt hin leicht gekrümmt waren, so dass man von den Fenstern des vorderseitigen Teils des Ostflügels aus den Westflügel sehen konnte und umgekehrt. Von innen sah das Gebäude auch nicht viel besser aus: Die Wände waren mit jahrhundertealten schadhaften Stellen versehen, manche Türen quietschten bei der kleinsten Berührung, die kargen Möbel waren staubbedeckt.

Das Haus war ursprünglich der Landsitz der Adelsfamilie Seyenvel gewesen. Vor über hundert Jahren, etwa gegen Ende des 19. Jahrhunderts, war die gesamte Sippe auf mysteriöse Art in ihrem Landhaus ums Leben gekommen. In den umliegenden Dörfern entstand die Sage, dass die Seyenvels als Geister in ihrem einstigen Haus weiter herumspuken würden. Man mied dieses Haus, so gut es ging, ebenso wie das umgebende Tal, das nach jener noch älteren Sage ebenfalls Geister und andere Dämonen beherbergen sollte. Die gesamte Gegend blieb vorwiegend Gegenstand von Schauergeschichten und Mythen. Das Haus selber stand danach über Jahrzehnte leer, bis vor einigen Jahren das Ehepaar Zeysich Interesse an dem alten Gemäuer gezeigt und es erworben hatte. Hans Zeysich hatte einst mit dem Handel von Tee und Rauchwaren ein Vermögen gemacht. In dem Haus wollte er zusammen mit seiner Frau Charlotte seinen Lebensabend verbringen. Dass sie völlig abseits der übrigen Siedlungen in einem geheimnisumwitterten Tal wohnten, störte sie nicht, ebenso wenig wie die alte Sage von den Seyenvels, die als Geister in dem Gebäude hausen sollten. Die geheimnisvolle Atmosphäre übte eher eine Anziehungskraft auf sie aus. Sie hatten in dem Haus auch fast nichts verändert; es sollte alles so erhalten bleiben, wie es im Urzustand einmal gewesen war. Sie wohnten seit Jahren schon allein auf dem Anwesen. Lediglich ihr irischer Koch Jonathan Nails lebte noch mit in dem Haus.

Betrat man das Grundstück durch das riesige Eingangstor, kam man in den Mittelteil. Zwei schwere Türen links und rechts führten von hier aus in die Gebäudeflügel; rechts ging es zum Ostflügel, links zum Westflügel. Eine Treppe führte ins obere Stockwerk.

Im Moment hatten die Zeysichs Gäste bei sich aufgenommen, unter denen sich auch Bernstein und Juwlis befanden. Die Detektive kannten ihre Gastgeber gut; sie hatten vor Jahren schon einmal ein schwieriges Betrugsdelikt für sie aufdecken können. Außer den beiden waren noch der Seefahrer und Tabakhändler Paul Rennien-May sowie Max Albert, der Ehemann von Frau Zeysichs Schwester, unter den Gästen. Die Gäste waren alle im Ostflügel untergebracht, was daran lag, dass die Tür zum Westflügel entsetzlich laut quietschte. Im Westflügel selber befand sich gleich rechts die Küche und daneben das Bad. Die anderen Räume in diesem Gebäudeteil waren praktisch bedeutungslos; es befanden sich nur wenige Möbel in ihnen. Genutzt wurde dieser Teil des Hauses kaum noch. Es gab allerdings ganz am Ende des Flügels zur Linken noch einen Raum, der große Bedeutung hatte. Schon zu Zeiten der Seyenvels war er dazu benutzt worden, Wertgegenstände zu lagern. Das einzige Fenster zeigte auf die Hofeinfahrt hinaus; es war vergittert. In dem Zimmer waren auf mehreren Regalen viele wertvolle Gegenstände verteilt, Amulette, Vasen und Schmuck. Am Regal beim Fenster lagerten alte Bücher und Schatzkarten. Auf einem kleinen Tisch gleich rechts neben der Tür stand eine alte Kuckucksuhr, auf einem Regal darüber eine handgeschnitzte Pfeffermühle. Normalerweise hängen Kuckucksuhren ja an der Wand, aber die Zeysichs liebten es, außergewöhnliche Gegenstände zu besitzen. Die Uhr war eine Spezialanfertigung für Herrn Zeysich gewesen und ging einige Minuten nach. Auf einem Tisch an der linken Wand stand eine Gipsfigur, die einst ein Künstler für Hans Zeysich angefertigt hatte. Die Figur stellte ein Männlein dar, das einen Hammer schwang. Wegen all dieser Wertgegenstände hatte das Zimmer den Namen »Schatzkammer« bekommen. Es blieb trotz der Dinge stets unverschlossen – die Zeysichs vertrauten darauf, dass der schwere Eisenriegel an dem Eingangstor jeden ungebetenen Gast abwehren würde. Geladene Gäste hingegen liehen sich hier hin und wieder eines der Bücher aus.

Zurzeit saß die kleine Gesellschaft im letzten Raum des Ostflügels gemütlich beisammen. Das Kaminzimmer nahm – als Einziges von allen Zimmern in den Flügeln – die gesamte Breite des Flügels ein. Es hatte schon seit jeher die Bedeutung eines Audienz- und Festlichkeitszimmers. Betrat man es, so sah man rechts einige Sitzgelegenheiten und in der linken Seite des Raumes eine

Plattform mit einem Klavier. In einer Ecke befand sich der Kamin. Die übrigen Räume des Ostflügels dienten, sofern sie nicht gerade Gäste beherbergten, keinem bestimmten Zweck, waren aber alle sehr gut ausgestattet: wertvolle antike Möbel, viele Bücherregale, hier und da stand eine Porzellanfigur oder eine Vase.

Charlotte Zeysich wandte sich an ihren Schwager. »Du bleibst doch noch bis zu dem Konzert morgen?«

Herr Albert lächelte. Die Vorstellung wollte er sich natürlich nicht entgehen lassen. Am morgigen Abend sollte ein berühmter Pianist mit seiner Band – einem Saxophonisten, einem Sänger und einem Gitarristen – auftreten und eine kleine, private Vorstellung von vielleicht zwei Stunden geben.

Die Zeysichs hatten schon des Öfteren Musiker zu privaten Veranstaltungen für ihre Gäste engagiert. Vor vielen Jahren wäre sogar beinahe David Oistrach engagiert worden, aber der berühmte Geiger hatte schließlich doch absagen müssen.

»Ich freue mich schon riesig auf das Konzert«, meinte Max Albert.

Ein Musiker hätte wohl nicht von »Konzert« gesprochen, aber der Begriff hatte in der allgemeinen Vorfreude die Runde gemacht.

»Es ist schade, dass du nur so kurz bleiben kannst«, sagte Zeysich zu Albert. »Und Sie beide werden ja leider auch nicht lange bleiben können?«, wandte er sich an die zwei Detektive.

Paul Juwlis nickte. »Unser Urlaub ist wie immer nur sehr kurz.«

»Auch ich werde möglicherweise nicht lange bleiben können«, meinte Paul Rennien-May ernst. »Eventuell kommt ein wichtiger Termin auf mich zu.«

»Ach, das ist schade.« Zeysich blickte melancholisch

drein. »Es ist immer sehr gemütlich, hier mit Gästen zusammen zu sein.«

Arthur Bernstein betrachtete unauffällig seine Gastgeber. Es waren Menschen, die die Einsamkeit vorzogen. Sie wirkten fast ein wenig kauzig in ihren altmodischen Kleidern und der bedächtigen Art, in der sie handelten. Wer sie genauer kannte, mochte erahnen, warum sie das Leben in der Abgeschiedenheit des Tals dem Trubel in der Welt vorzogen. Wenn sie trotzdem Gäste zu sich einluden, dann mussten das schon besonders gern gesehene Bekannte sein.

Es war schon nach Mitternacht. Bernstein hatte ein Zimmer für sich gleich neben dem Kaminzimmer. Durchs Fenster konnte man auf die Hofauffahrt hinaussehen, die vom Mond schwach beschienen war. Bernstein ließ seinen Blick in die Ferne schweifen. Er blickte über Sträucher und Bäume. Im Mondlicht wirkte alles noch gespenstischer, als es bei Tageslicht ohnehin schon war. Er ließ seinen Blick weiter nach rechts wandern. Ein alter Schuppen, der an den Westflügel angrenzte, kam in sein Blickfeld. Düster zeichneten sich dessen Umrisse ab. Langsam drehte Bernstein seinen Kopf weiter. Ganz rechts konnte er nun – dank der Krümmung des Gebäudes – den Westflügel wahrnehmen. Er ließ den Blick sinnend über die Außenfassade wandern. Ein kalter Windhauch zog herbei, und Bernstein legte seinen Bademantel enger um den Hals. Auch wenn es kalt war, kam ein angenehmes Gefühl in ihm auf. Man spürte die Stille und Weite der Landschaft – eine faszinierende Umgebung. Die düstere Atmosphäre da draußen, dazu noch die Sage von den Geistern, die hier ihr Unwesen trieben, hier und da ein Tierlaut in weiter Ferne – das alles baute in ihm eine wohlige Spannung auf.

Gedankenverloren war sein Blick immer noch auf den

Westflügel gerichtet. Plötzlich zuckte er leicht zusammen. Er kniff die Augen zu und starrte auf die Fassade. War da nicht etwas? Ihm war, als habe er ein Flackern bemerkt, dort, in dem allerletzten Zimmer auf der Hofseite des Flügels, der Schatzkammer. Angestrengt starrte er in die Dunkelheit ... Ja, wahrhaftig, jetzt flackerte es wieder! Es wirkte wie der Schein einer Taschenlampe, der in dem Raum herumwanderte. Wer war denn jetzt noch in dem Zimmer? Als man vorhin auseinanderging, hatte man vorgehabt, sich zur Ruhe zu begeben. Wenn die Zeysichs in ihrer Schatzkammer irgendetwas suchten, würden sie doch wohl normal Licht machen.

Bernsteins Detektivinstinkt war geweckt. Das, was dort drüben geschah, war mehr als verdächtig. Keiner der Anwesenden hatte geäußert, des Nachts irgendetwas in diesem Zimmer unternehmen zu wollen. Wenn er dies schon tat und lautere Absichten haben sollte, könnte er normal Licht machen.

Der Lichtschalter befand sich gleich rechts neben der Tür und hatte eine große Oberfläche, so dass man ihn leicht ertasten konnte. Gespannt starrte der Detektiv auf das flackernde Licht, das immer noch zu sehen war.

Schließlich fasste er einen Entschluss. Er musste diesem seltsamen Treiben am anderen Ende des Gebäudes auf den Grund gehen. Er steckte rasch selber noch eine Taschenlampe ein, dann verließ er sein Zimmer und trat auf den Flur hinaus. Obwohl alles stockdunkel war, schlich er leise Richtung Mittelteil voran. Seine Lampe wollte er nur im Notfall anknipsen. Es war totenstill um ihn herum. Zu beiden Seiten des Ganges lagen die Zimmer der Gäste, kurz vor der Tür zum Mittelteil befanden sich links das Speisezimmer und rechts eine kleine Bibliothek. Nirgends ein Laut – scheinbar schliefen alle, aber einer musste wohl doch wach sein ...

Er öffnete so leise wie möglich die Tür zum Mittelteil

und durchschritt diesen. Jetzt stand er vor der Tür zum Westflügel, die schon bei kleinsten Bewegungen entsetzlich quietschte. Und obwohl Bernstein sie so vorsichtig wie möglich öffnete, gab sie auch diesmal ein krächzendes Geräusch von sich, und er dachte insgeheim, wie das wohl die Zeysichs andauernd aushielten.

Der Westflügel hatte am anderen Ende des Ganges ein Fenster, durch das ein wenig Mondlicht fiel; gerade ausreichend, um sich nicht mehr vorantasten zu müssen. Bernstein ging zum Ende des Ganges, wo sich links die Tür zur Schatzkammer befand. Er horchte von draußen, aber es war von innen kein Laut zu hören. Bernstein betätigte den Griff – wie immer unverschlossen! Vorsichtig öffnete er die Tür und spähte in den Raum. Er war ebenfalls nur spärlich durch das von außen hereinfallende Mondlicht erleuchtet; von dem mysteriösen Flackern war nichts mehr zu bemerken. Angestrengt horchte Bernstein in die Stille. Es war immer noch kein Laut zu hören. Er knipste die Taschenlampe an und ließ den Lichtkegel im Raum herumwandern. Die Bücher, die Schätze ... alles befand sich an seinem Platz, nichts schien verändert. Noch einmal ließ Bernstein den Lichtkegel über die Gegenstände durchs Zimmer gleiten, versuchte irgendetwas zu entdecken, was Antwort geben konnte auf dieses rätselhafte Flackern. Schließlich machte er das Licht aus. Ein letztes Mal noch horchte er in die Stille, dann verließ er den Raum wieder.

Als er wieder im Ostflügel war, überlegte er, ob er noch abwarten sollte, bis derjenige der Gäste, der sich in der Schatzkammer aufgehalten haben mochte, wieder zu seinem Zimmer zurückgehen würde. Er entschloss sich, in seinem Zimmer auf das Quietschen der Tür achten zu wollen, um dann unter dem Vorwand, das Bad aufsuchen zu müssen, herauszutreten.

Bernstein lag noch eine Weile wach, musste aber schließlich seiner Müdigkeit Tribut zollen und schlief ein.

Am anderen Morgen ließ Bernstein der Gedanke an das sonderbare Flackern keine Ruhe. Er wollte später die Zeysichs darauf ansprechen. Er streifte den Bademantel über und trat ans Fenster. In der Morgendämmerung wirkte das Tal nicht mehr ganz so gefahrvoll wie in der Nacht, aber immer noch unheimlich. Fast automatisch lenkte Bernstein den Blick nach rechts, zum Westflügel. Da war ja schon wieder Licht in der Schatzkammer! Diesmal war es aber kein Flackern, sondern die normale Zimmerbeleuchtung, die jemand betätigt haben musste. Das Licht blieb auch nicht lange an – jetzt wurde es ausgeknipst. Dieser Raum schien ja eine magische Anziehungskraft zu besitzen.

Das Frühstück wurde in dem Speisezimmer eingenommen. Als alle zu Ende gespeist hatten, nahm Bernstein den Hausherrn beiseite und berichtete ihm von dem nächtlichen Treiben.

»Ein Flackern mitten in der Nacht?« Herr Zeysich war erstaunt. Doch dann legte sich ein Lächeln auf sein Gesicht, als käme ihm eine Erleuchtung. »Natürlich – wir haben ja noch die alten Lampen! Selbst wenn sie aus sind, flimmern sie manchmal noch ein wenig nach.«

Bernstein gab sich nach außen hin mit dieser Antwort zufrieden. Lächelnd meinte er: »Ihre Schatzkammer ist ja wirklich faszinierend.« So nebenbei fragte er dann: »Ich sah eben zufällig Licht in dem Raum. Wollte vielleicht jemand ein Buch leihen?«

Zeysich bestätigte dies und erklärte, er sei Paul Rennien-May vorhin zufällig im Westflügel begegnet. Ja, er habe sich ein Buch borgen wollen. Nach dem Gespräch mit Zeysich begab sich Bernstein in Juwlis' Zimmer und unterrichtete seinen Partner über das nächtliche Flackern. Der war auch erstaunt, schlug aber vor, die Sache nicht weiter zu verfolgen.

Gegen 20 Uhr war es dann so weit. Das »Konzert« im Kaminzimmer sollte beginnen. Die Musiker hatten auf dem Podium Stellung bezogen und die Instrumente aufgebaut. Die Zeysichs und ihre Gäste hatten es sich auf den Sitzgelegenheiten im rechten Teil des Raumes bequem gemacht. Paul Rennien-May trudelte als Letzter ein. Er war noch in der Küche gewesen und hatte sich einen Drink mitgebracht.

Die Vorstellung begann. Die Musiker hatten erst eine kurze Zeit gespielt, als es geschah. Bernstein konnte später selber nicht genau sagen, ob er bewusst oder intuitiv durchs Fenster zur Schatzkammer hinausgesehen hatte. Jedenfalls ging im selben Moment in dem betreffenden Zimmer wieder das Licht an – diesmal war es wieder die normale Zimmerbeleuchtung. Bernstein kniff die Augen zusammen und starrte zum Westflügel hinüber. Was wollte der Koch denn bloß in diesem Raum – denn alle anderen Bewohner des Anwesens waren ja hier im Kaminzimmer versammelt.

Es wurde immer sonderbarer. Da es draußen schon recht dunkel war, mochte das plötzlich angehende Licht auch von anderen bemerkt worden sein. Max Albert und Frau Zeysich reckten ebenfalls erstaunt ihre Köpfe Richtung Westflügel. Wegen der starken Krümmung des Gebäudes konnte man vom Kaminzimmer aus den äußersten Teil des Westflügels auch erkennen, ohne sich vom Sitz erheben und zum Fenster gehen zu müssen.

Das Licht blieb noch eine ganze Weile an – erst als schon etwa die Hälfte der Vorstellung vorüber war, verschwand die Person wieder aus dem Raum und hinterließ ihn in Dunkelheit.

Als das Konzert gegen 22 Uhr zu Ende war, gab es erst mal lang andauernden Applaus. Die Zeysichs verabschiedeten die Musiker feierlich und begleiteten sie hinaus auf die Hofeinfahrt, wo schon ein umgebauter Omnibus auf sie wartete. Bernstein zog es nach der Vorstellung instinktiv in Richtung Schatzkammer. Juwlis begleitete ihn – war er mittlerweile auch neugierig geworden? Sie waren anscheinend nicht die Einzigen, die sich für den Raum interessierten, denn als sie die Tür zum Westflügel öffneten, sahen sie, wie am anderen Ende des Ganges Paul Rennien-May die Tür zu dem Zimmer öffnete. Er schien es sehr eilig gehabt zu haben. Als die Detektive auf Höhe des Zimmers waren, kam er gerade wieder hinaus.

»Da scheint jemand an der Gipsfigur gewesen zu sein«, erklärte er im Vorbeigehen, »da liegen Gipskrümel rundherum auf dem Tisch.«

»Hm«, war Bernsteins einzige Reaktion, wobei er Rennien-May unauffällig beobachtete.

Sie betraten den Raum. Der Händler hatte beim Hinausgehen das Licht angelassen. Sie betrachteten die Figur. Ja, da lagen Gipskrümel um das Kunstwerk herum, die gestern Nacht noch nicht dort gelegen hatten, dessen war sich Bernstein sicher. Das Kunstwerk selber schien allerdings am gleichen Platz wie immer zu stehen. Aufmerksam schauten sie sich um.

Sie hörten die Tür zum Westflügel auf- und zugehen. Wenig später hörten sie erneut das mittlerweile schon wohlbekannte Quietschen, und kurz darauf erschien Herr Zeysich in der Tür zur Schatzkammer. Er wirkte aufgeregt, flüsterte aber fast, als er zu den Detektiven sprach.

»Ich hörte von Rennien-May, dass mit der Gipsfigur was nicht in Ordnung sein soll ...«

Er starrte entgeistert auf das Kunstwerk. Dann ging er ängstlich, aber entschlossen darauf zu. Er nahm es in die

Hand und betrachtete den unteren Teil genauer. Seine Miene verfinsterte sich.

»Ich dachte es mir«, sagte er mit tonloser Stimme. Die Detektive sahen schweigend zu, wie Zeysich an einem Fuß der Figur zog. Er ließ sich leicht vom restlichen Körper abtrennen; er war offenbar nur angeklebt worden. Nun machten die Detektive eine erstaunliche Entdeckung: Das Kunstwerk war von innen hohl! Immer noch fassungslos starrte Zeysich auf den abgetrennten Fuß in seiner Hand.

»Hier im Fuß der Figur haben wir immer ein Schmuckkästchen mit Edelsteinen versteckt«, sagte er mit belegter Stimme. »Wir hatten vor einigen Jahren einen Künstler beauftragt, eine hohle Gipsfigur als Behälter für das Kästchen zu entwerfen. Seitdem steht diese Figur mit dem Schmuckkästchen hier in dem Raum.«

Er hielt den Detektiven die Figur mit dem abgetrennten Fuß hin. Juwlis hatte eine Lupe hervorgeholt und betrachtete die Gegenstände.

»Es ist klar: Der Fuß wurde säuberlich abgesägt«, stellte er sachlich fest. Er fuhr mit dem Finger über die Schnittkanten der Stücke und hielt sie dann an den Schnittstellen aneinander. Sie passten exakt zusammen; nirgends war ein größerer Teil des Gipses herausgebrochen. Der Täter musste mit Präzision vorgegangen sein; so, wie die Teile von Juwlis aneinandergehalten wurden, würde jeder denken, dass es sich um ein einheitliches Stück handeln musste.

»Wer wusste denn von dem Schmuckkästchen in der Figur?«, fragte Bernstein.

»Niemand«, sagte Zeysich, immer noch neben sich stehend. »Nur meine Frau und ich. Und natürlich der Künstler, den wir seinerzeit beauftragt haben.« Er dachte kurz nach. »Ach ja, Herr Nails, unser Koch, wusste auch davon. Aber was sollte wohl der Koch damit? Wir haben ihn ja schon lange, ihm traue ich so etwas nicht zu.« Er hob ratlos die Arme.

»Ich bin heute Nacht hier im Raum gewesen«, klärte Bernstein den erstaunten Herrn Zeysich auf. »Ich habe auch die Figur angeleuchtet – sie war zu dem Zeitpunkt noch nicht durchgesägt, es lagen noch keine Krümel um sie herum. Es muss demnach geschehen sein, als wir alle in der Vorstellung waren. Heute Morgen war nur Rennien-May in diesem Raum, aber er hätte nicht genug Zeit gehabt, um die Figur zu zersägen.«

»Wie es aussieht, kann es eigentlich nur der Koch gewesen sein«, meinte Juwlis nach längerem Nachdenken. »Das Licht ging an, kurz nachdem die Vorstellung begonnen hatte. Das Zersägen der Figur wird eine ganze Weile gebraucht haben, und das Licht war ja auch lange genug an, etwa bis zur Mitte der Vorstellung, nicht?« Er kratzte sich grübelnd am Kinn. »Sonderbar ist nur, dass Herr Nails, wenn er es denn war, sich so offensichtlich einem Verdacht aussetzt.«

Später, nachdem Zeysich festgestellt hatte, dass außer der Figur nichts in dem Raum verändert worden war und er seine erschrockene Frau über den Diebstahl informiert hatte, hatten sich die Detektive mit ihrem Gastgeber in die Küche begeben. Es sah ja nun mal alles danach aus, dass nur der Koch während der Vorstellung die Gelegenheit gehabt hatte, in die Schatzkammer einzudringen und die Tat zu begehen. Herr Nails war gerade dabei, ein kleines Abendbrot fertigzustellen.

Sie vermieden es, den Tatvorwurf direkt an ihn zu richten, aber es war trotz allem eine beklommene Atmosphäre. Natürlich war sich der Koch darüber bewusst, dass er nun als Hauptverdächtiger gelten musste, was ihn sichtlich mitnahm. Sie fragten ihn, ob er nicht etwas gehört hätte, da ja die Küche auch näher am Tatort lag.

»Ich kann nur sagen, dass ich die ganze Zeit über hier zu

tun hatte«, meinte er mit hilfloser Geste. »Ich habe absolut nichts gehört.«

»Haben Sie vielleicht das Quietschen der Westflügeltür gehört?«, wollte Juwlis wissen.

»Ja, kurz vor der Vorstellung. Das dürfte Herr Rennien-May gewesen sein, der kurz zuvor noch bei mir war.«

»Und zu Beginn der Vorstellung? Oder kurz vor dem Ende?«

Nails dachte nach. »Nein, da war überhaupt nichts. Wenn sie aufgemacht worden wäre, hätte ich sie mit Sicherheit gehört, trotz des Konzerts. Ich kenne das Geräusch ja schon seit Jahren.« Er stützte sich schwer auf die Theke. »Erst als die Vorstellung schon zu Ende war, hörte ich mehrmals das Quietschen der Tür.«

Wenig später begaben sie sich ins Arbeitszimmer von Herrn Zeysich. Es war ein gemütlich ausgestalteter Raum mit einem uralten Schreibtisch und einer kleinen Sitzecke, in der sich die Detektive und ihr Gastgeber nun niederließen. Herr Zeysich sah niedergeschlagen aus.

»Wären Sie bereit, diesen Fall für mich zu lösen? Auch wenn er sich länger hinziehen sollte?«, wandte er sich an das Duo.

Bernstein und Juwlis mussten nicht lange überlegen.

»Im Grunde sind wir ja schon mittendrin«, meinte Juwlis. »Und der Fall als solcher ist auch interessant für uns.«

»Ich weiß offen gestanden nicht, was ich machen soll«, gestand Zeysich den Detektiven. »Es kann eigentlich ja nur Herr Nails gewesen sein. Aber ich traue es ihm nicht zu ... es passt nicht zu ihm.«

»Sie können definitiv ausschließen, dass von außen jemand in das Haus gelangen konnte?«, wollte Bernstein wissen.

»Ja, hundertprozentig. Alle Türen und Fenster sind einbruchssicher.«

Sie schwiegen eine Weile und dachten nach. Nach einer Weile ergriff Bernstein das Wort.

»Ich stimme Ihnen zu, dass eine solche Tat Herrn Nails nicht zuzutrauen ist. Allerdings sprechen die Umstände gegen ihn. Ich möchte folgenden Vorschlag machen: Mein Partner und ich ziehen uns in mein Zimmer zurück und beratschlagen. Wir werden in alle Richtungen ermitteln, die Gäste mit eingeschlossen. Sobald wir einen Plan haben, werden wir Sie informieren. Wäre das in Ordnung für Sie?«

Herr Zeysich nickte nur stumm mit dem Kopf.

Als die zwei Detektive später allein in Bernsteins Zimmer saßen und über dem Fall brüteten, war die Stimmung immer noch getrübt. Die Indizien sprachen nun mal gegen den Koch, auch wenn Herr Nails überzeugend erklärt hatte, die ganze Zeit über in der Küche gewesen zu sein. Angenommen, dies stimmte, dann hätte der wahre Täter nur von außen in den Westflügel eingebrochen sein können. Vom Mittelteil hätte er nicht kommen können, denn der Koch hätte sonst die Westflügeltür quietschen gehört. Sie hatten den Westflügel bereits auf Einbruchspuren hin untersucht, aber keine gefunden. In die gitterbewehrte Schatzkammer konnte von außen ohnehin niemand eindringen.

Es war eine konfuse Situation. Herr Nails klang an sich glaubhaft, aber nach menschlichem Ermessen war er der Einzige, der die Tat hätte durchführen können. Außer ihm befand sich zum Tatzeitpunkt keine andere Person im Westflügel. Gewiss, sie befanden sich hier im Tal der Geister, und im Haus selber sollte es ja auch spuken; noch vor hundert Jahren hätten die Bewohner des Anwesens ohne Weiteres ihre eigenen Erklärungen für dieses Rätsel gefunden. Bernstein und Juwlis jedoch glaubten wie immer nicht an übersinnliche Kräfte und konzentrierten sich einzig auf logische Schlussfolgerungen.

»Es sieht ja wirklich alles so aus, als sei Nails der Täter«, meinte Bernstein, während er gedankenverloren mit den Fingern auf der Tischplatte klopfte. »Dennoch glaube ich nicht, dass er es war. Es scheint da noch irgendwo eine andere, verborgene Lösungsmöglichkeit zu geben. Ich spüre einfach, er war es nicht.«

Noch vor einigen Jahren hätte Paul Juwlis seinem Partner nun heftig widersprochen, hätte von »einwandfreien Indizien« und Ähnlichem geredet. Im Laufe ihrer Zusammenarbeit hatte Juwlis aber erfahren, wie unglaublich sicher und vertrauenswürdig Bernsteins Intuition war. Nicht selten war es sein inneres Gespür, das sie auf die richtige Lösung brachte. Darum sagte Juwlis diesmal gar nichts, sondern versuchte seinerseits, eine Möglichkeit zu finden, die Herrn Nails als Täter ausschloss.

»Wissen Sie, was sonderbar ist«, meinte er nachdenklich, »der Täter präpariert die aufgesägte Figur so, dass sie auf den ersten Blick wieder heil aussieht. Das würde Sinn machen, wenn er vorgehabt hätte, dass die Tat nicht oder zumindest nicht sofort entdeckt werden sollte. Aber warum hat er dann die verräterischen Gipskrümel liegengelassen und nicht auch entfernt?«

Bernstein nickte. »Daran dachte ich auch schon. Hatte er vielleicht aus irgendeinem Grund nicht mehr genügend Zeit? Hat er vielleicht gedacht, dass die paar Krümel nicht auffallen würden?«

Er machte eine ratlose Geste. »Im Übrigen spricht die Tatsache, dass die Figur wieder zusammengesetzt wurde, natürlich auch gegen einen Einbrecher.«

Sie diskutierten noch verschiedene Aspekte des Falles durch. Schließlich begab sich Juwlis müde und ratlos in sein eigenes Zimmer.

Arthur Bernstein blieb an diesem Abend noch lange wach, bis in die Nacht hinein. Er hatte seit jeher etwas, was ihn einzigartig machte: Er hatte ein unglaubliches Gespür dafür, ob jemand lautere Absichten hatte oder etwas im Schilde führte. Diese Gabe hatte er allen Kollegen seiner Zunft voraus, und das Detektivbüro Bernstein & Juwlis hatte schon häufig von dieser Fähigkeit profitiert. Und auch jetzt wieder sagte ihm sein Gespür, dass es nicht Nails war, der hier als Täter in Frage kam. Er konnte selber nicht sagen, was es war, das ihn so sicher machte – nur *dass* es so und nicht anders war, dessen war er sich sicher. Bernstein spürte vielmehr, dass er seine ganze Aufmerksamkeit auf Paul Rennien-May richten musste. Das hatte nicht nur damit zu tun, dass dieser schon zweimal innerhalb kurzer Zeit in der Schatzkammer gewesen war. Da war noch etwas anderes. Es war eine Veränderung an dem Mann zu beobachten. Gestern, bei der Ankunft, hatte er noch gespannt und konzentriert gewirkt, wie jemand, der eine schwierige Aufgabe vor sich hat. Seit der Entdeckung der Tat jedoch wirkte er gelöster.

Bernstein legte den Kopf in die Hände und schloss die Augen. Es waren zwei Dinge, die ihn beschäftigten. Das eine war das seltsame Flackern, das er in der vorigen Nacht gesehen hatte. Er wollte nicht an einen Zufall glauben, dass es zwischen dem nächtlichen Besuch des Raumes und dem heute entdeckten Diebstahl keinen Zusammenhang geben sollte – auch wenn des Nachts die Figur noch unbeschädigt geblieben sein mochte. Das andere, das ihm zu schaffen machte, hing mit Herrn Rennien-May zusammen. Genauer gesagt: mit der Art und Weise, wie er vorhin nach der Veranstaltung die Schatzkammer betreten und wie er sie wieder verlassen hatte.

Irgendetwas an dem äußeren Erscheinungsbild des Mannes hatte sich verändert ... aber was?

Vor seinem geistigen Auge holte sich Bernstein die Situation von vorhin zurück. Wie war das doch noch gewesen? Sie hatten Rennien-May vom anderen Ende des Ganges aus in die Schatzkammer gehen sehen; als er wieder herausgekommen war, waren auch sie bei dem Raum angelangt ... *Was hatte sich bloß verändert?*

Irgendetwas war anders ... Er musste sich daran erinnern – andernfalls würde möglicherweise ein Unschuldiger für immer verdächtig bleiben.

Immer wieder versuchte der Detektiv, Paul Rennien-May vor sein geistiges Auge zu bekommen.

Erneut schloss er die Augen. Schwach, ganz schwach erschien nun vor ihm die verschwommene Silhouette des Mannes. Langsam wurde das Bild immer schärfer ... immer etwas schärfer ... ja – jetzt »sah« er ihn ... er sah, wie der Mann in den Raum ging ... wie er wieder rausging ...

Und mit einem Mal wusste Bernstein, wonach er so angestrengt gesucht hatte. Er hatte die Situation nun deutlich vor sich: Als Herr Rennien-May in das Zimmer ging, war seine linke Jacketttasche ausgebeult. Als er den Raum wieder verließ, war die *rechte* ausgebeult. In beiden Fällen nicht allzu stark, aber irgendetwas musste der Mann von der linken in die rechte Tasche getan haben, während er in der Schatzkammer gewesen war. Was nur mochte das gewesen sein? Warum hatte dieser Wechsel ausgerechnet während des kurzen Zeitraums stattgefunden, als Rennien-May in dem Zimmer war? Bernstein konnte sich an kein Geräusch erinnern, das währenddessen aus der Schatzkammer gekommen sein mochte. Die Jacketttaschen des Mannes waren, soweit Bernstein sich erinnern konnte, zuvor nie ausgebeult gewesen. Grübelnd starrte der Detektiv vor sich hin. Konnte der Händler ihm vielleicht selber weiterhelfen? Vielleicht verriet er ihm ja das Geheimnis.

Am folgenden Morgen war die Stimmung immer noch getrübt. An gemeinsame Veranstaltungen war nicht mehr zu denken. Paul Rennien-May und Max Albert waren auf ihren Zimmern und bereiteten sich auf ihre Abreise vor.

Die Detektive suchten Rennien-May auf, um ihn zu befragen. Bernstein hatte seinem Kompagnon von seiner Beobachtung berichtet.

»Bitte haben Sie Verständnis, wenn wir Sie mit einigen Fragen konfrontieren müssen«, begann Bernstein die Unterredung mit dem Kaufmann, »aber wir müssen jedes Detail in diesem verzwickten Fall kennen, vielleicht kann es uns irgendwie weiterhelfen.«

Der Angesprochene nickte nur. Er wirkte etwas träge. Bernstein und Juwlis hatten sich vorgenommen, es auf keinen Fall so aussehen zu lassen, als ob sie Rennien-May verdächtigen würden. Auch die Beobachtung von den ausgebeulten Jacketttaschen behielten sie vorerst für sich.

»Bitte denken Sie noch mal an den Moment zurück, als Sie gestern nach der Vorstellung in die Schatzkammer gingen«, bat Bernstein den Mann. »Ist Ihnen außer den Gipskrümeln noch etwas in dem Raum aufgefallen, was irgendwie ungewöhnlich war?«

Der Mann verneinte entschieden.

»Und Sie selber haben auch nichts verändert in dem Raum?«, fragte Bernstein weiter.

Wieder verneinte der Mann.

Bernstein räusperte sich. »Eine etwas sonderbare Frage: Können Sie uns sagen, was Sie in der kurzen Zeit, bevor wir kamen, in dem Raum gemacht haben?« Bernstein machte eine Geste der Entschuldigung. »Bitte verstehen Sie, jedes Detail kann wichtig sein.«

Gespannt warteten die Detektive auf seine Reaktion.

Herr Rennien-May nickte gelassen. »Ich habe nur das Buch, das ich gestern Morgen entliehen hatte, wieder ins Regal gestellt. Als ich hinausgehen wollte, bemerkte ich die Gipskrümel.«

»Und sonst haben Sie aber nichts mehr in dem Raum gemacht?«, fragte Bernstein hartnäckig weiter. »Das Zurückbringen des Buches war also Ihre einzige Tätigkeit?«

Herr Rennien-May lächelte. »Ja. Es war ja auch nicht viel Zeit für mehr ...« Er lachte kurz.

Er schien sich Mühe zu geben, ein gewisses Unwohlsein bei dieser Art der Befragung zu verbergen. Die zwei Detektive ließen sich haarklein erzählen, was er während des kurzen Aufenthalts in der Schatzkammer gemacht hatte. Bereitwillig schilderte der Mann, wie er sofort nach Betreten des Raumes zum Regal am Fenster gegangen sei und das Buch dort eingeschoben habe. Es handelte sich, wie sich später herausstellte, um ein kleines, dünnes Buch, das Herr Rennien-May in seiner Innentasche bei sich gehabt hatte.

»Als ich die Gipskrümel sah, bin ich nur kurz stehen geblieben«, meinte er nach kurzer Überlegung. »Dann bin ich wieder hinausgegangen.«

Mit keinem Wort gab der Mann eine Erklärung für Bernsteins Beobachtung von den ausgebeulten Jacketttaschen. Irgendetwas hatte er ihnen also verschwiegen. Die Taschen blieben vorerst genauso ein Rätsel wie die Lichter in der Schatzkammer.

Später saßen die Detektive bei Jonathan Nails in der Küche. Sie wollten wissen, ob der Koch kurz vor Beginn der Vorstellung irgendetwas bemerkt hätte, was mit der Tat in der Schatzkammer und dem rätselhaften Angehen des Lichts in Zusammenhang stehen könnte. Sie hatten zuvor noch einmal das Gebäude sehr gründlich untersucht, aber es deutete nichts auf einen Einbruch hin. Herr Zeysich hatte zu Recht sein Anwesen als »einbruchsicher« eingestuft. Von den während der Vorstellung im Kaminzimmer Versammelten konnte es nun mal keiner gewesen sein. Aber irgendjemand musste im Gang des Westflügels gewesen sein und in der Schatzkammer Licht gemacht haben, kurz nachdem die Vorstellung begonnen hatte. Bernstein wollte vor allem wissen, was Paul Rennien-May *vor* dem Konzert gemacht hatte. Er war ja etwas später als die Übrigen im Kaminzimmer eingetroffen, weil er vorher noch einen Drink aus der Küche genommen hatte.

»Das war wenige Minuten vor 20 Uhr«, erinnerte sich Herr Nails nach kurzem Nachdenken. »Ja, er wollte noch etwas zu trinken haben. Ich machte ihm einen Mixdrink. Er holte sich noch einen Eiswürfel aus dem Gefrierfach, dann verließ er die Küche wieder.«

»Erinnern Sie sich, in welche Richtung er danach ging?«, erkundigte sich Juwlis. »Ich meine, ob er noch Richtung Schatzkammer ging oder direkt ins Kaminzimmer?«

»Hm, mal überlegen.« Man spürte, dass der Mann wirklich gewillt war, den Detektiven zu helfen. »Nein, tut mir leid«, meinte er schließlich enttäuscht. »Ich war so sehr mit Vorbereitungen beschäftigt. Ich kann mich zwar noch erinnern, dass nach ihm wohl wieder die Tür zum Mittelteil quietschte, das erzählte ich Ihnen ja schon, aber ich kann nicht sagen, wieviel Zeit nach seinem Hinausgehen bis zum Quietschen vergangen sein mochte.«

Die Detektive hatten sich in Juwlis' Appartement zurückgezogen.

»Fassen wir noch einmal zusammen, was wir bisher haben«, meinte Bernstein. »Ich hole mal ein bisschen aus, damit wir nichts außer Acht lassen.« Er setzte sich bequemer hin. »Also, es ist in der Schatzkammer dreimal Licht gesehen worden. Das erste Mal in der Nacht zu gestern: Da gab es das rätselhafte Flackern, das wahrscheinlich von einer Taschenlampe stammte, aber wir wissen nicht, wer es war. Gestern Morgen war Herr Rennien-May in der Schatzkammer, weil er etwas ausleihen wollte. Er machte normal das Licht an und wieder aus. Zum letzten Mal sahen wir dann gestern Abend das Licht in dem Raum für etwa eine Stunde angehen. Wer es war, wissen wir nicht. Nach der Musikveranstaltung entdeckten wir, dass das

Schmuckkästchen aus der Figur gestohlen worden war. Es muss während der Vorstellung geschehen sein, denn nach dem nächtlichen Flackern hatte ich mir die Gipsfigur angeschaut – sie war noch unbeschädigt.« Er geriet kurz ins Stocken und dachte nach. »Das heißt – ich hatte sie natürlich nicht so genau unter die Lupe genommen, wie wir es später taten; es bestand ja auch zu dem Zeitpunkt noch kein Anlass.«

»Natürlich, die Gipskrümel fanden wir später ...«

Sie schwiegen eine Weile.

»Und gestern Morgen kann Rennien-May es auch nicht gewesen sein«, meinte Bernstein schließlich. »Die Zeit, die er in der Kammer verbrachte, war viel zu kurz.«

»Und auch nachdem er gestern Abend bei Nails in der Küche gewesen war, hätte er die Tat nicht vollbringen können, denn er kam ja kurz darauf schon ins Kaminzimmer«, ergänzte Juwlis.

Bernstein nickte. »Ja, die Tat kann nur während der Vorstellung geschehen sein, denn seit jenem nächtlichen Lichtschein, den ich zufällig sah, war bis zum Konzert niemand mehr für längere Zeit in der Schatzkammer. Wir hätten auf jeden Fall bemerkt, wenn sich jemand dort längere Zeit aufgehalten hätte. Und es dauert, bis man so ein Gipsteil abgesägt hat! Außer vielleicht mit einer elektrischen Säge, aber das hätte man wohl gehört. Mit einer gewöhnlichen Säge hätte es eine ganze Weile gedauert, den Fuß durchzusägen, denn es ist ein außergewöhnlich harter Gips, wie Herr Zeysich mir verraten hat.«

Juwlis kniff grübelnd die Augen zusammen. »Dass die Tat nicht schon vor der Vorstellung durchgeführt worden ist, schließen wir daraus, dass wir die Gipskrümel erst nach der Veranstaltung vorgefunden haben. Rein theoretisch wäre es natürlich möglich, dass die eigentliche Tat schon vorher geschehen ist, der Täter die Krümel aber erst später hingestreut hat, um einen falschen Tatzeitpunkt vorzutäuschen. Da der Täter den Fuß wieder an der Figur befestigt hatte, konnte man es ihr kaum ansehen, ob sie noch heil war oder nur zusammengesteckt.«

Bernstein nickte erneut. Natürlich hatte er auch schon diese Möglichkeit durchdacht.

»Ja, das ist klar. Es müsste dann aber schon ein sehr raffinierter Täter sein, so was findet man selten. Ein Vortäuschen eines falschen Tatzeitpunktes würde dann Sinn machen, wenn der Täter sich selbst für die vermeintliche Tatzeit ein Alibi verschaffen möchte oder jemand anderen, der für die vermeintliche Tatzeit kein Alibi hat, in Verdacht bringen möchte. Wollte der Täter also die Zeit des Konzerts als Tatzeit erscheinen lassen, dann würde er damit Herrn Nails in Verdacht bringen, der als Einziger nicht bei der Veranstaltung war. Das würde dann wiederum für einen der Konzertbesucher als Täter sprechen.«

Juwlis lächelte vielsagend. »Einer der Konzertbesucher kann während der Vorstellung nicht die Tat begangen haben. Sie sagen, der Koch war es auch nicht. Demnach müsste einer der Besucher die Tat vor dem Konzert begangen haben. Das kann ja nur in der Nacht geschehen sein, als das Flimmern zu sehen war ...« Er überlegte angestrengt. »Als Sie danach in der Kammer waren, waren keine Gipskrümel zu sehen ...«

»Okay, aber ich verließ den Raum auch schnell wieder ... möglich, dass danach noch gesägt wurde ...«

»Nun, das Flackern dauerte ja eine ganze Weile an, sagten Sie. Es ist doch wahrscheinlich, dass bereits gesägt und der Fuß wieder angeklebt worden war. Ich jedenfalls hätte nicht mehr die Nerven gehabt, so was zu machen, wenn bereits ein Detektiv den Raum abgeleuchtet hätte.«

Die Detektive saßen noch eine ganze Weile zusammen und drangen immer tiefer in die Komplexität dieses Falles ein. Wenn sie erst einmal den Willen hatten, ein Problem zu lösen, dann konnten sie sich daran festbeißen. Notfalls nächtelang.

Sie hatten von Herrn Zeysich alle Freiheiten bekommen, sich in dem Anwesen nach Spuren umzusehen. Ihr Interesse hatte natürlich vor allem der Schatzkammer gegolten. Sie hatten untersucht, ob das nächtliche Flackern von der Zimmerbeleuchtung hätte stammen können. Wenn man die Deckenbeleuchtung an- und wieder ausmachte, dann flimmerte sie noch ein wenig nach; es war aber nicht jenes Flackern, das Bernstein gesehen hatte.

Es war mittlerweile schon nach Mitternacht. Tief in Gedanken versunken verließ Bernstein Juwlis' Zimmer. Etwas unschlüssig stand er auf dem Gang. Dann fasste er einen Entschluss. Er wollte noch einmal in die Schatzkammer und alles absuchen, jeden Millimeter.

Wieder quietschte die Tür. Dann stand er in der Kammer. Er leuchtete mit seiner Taschenlampe umher. Er betrachtete sich alles im Raum genau ... die Regale, die Gegenstände ... Jetzt ging er zu dem Tisch neben der Tür. Genauestens leuchtete er dessen Oberfläche ab. Plötzlich stutzte er. Er musste genauer hinsehen und holte seine Lupe hervor ... Ja, kein Zweifel! Hier hatte jemand einen Strich eingezeichnet und den wieder wegradiert! Ganz schwach waren unter dem Vergrößerungsglas noch Reste eines Bleistiftstriches erkennbar.

Bernstein schüttelte kaum merklich den Kopf. Welchen Sinn machte es, hier einen Strich auf den Tisch zu zeichnen?

Wenig später ging Bernstein zurück zu seinem Zimmer im Ostflügel.

Er ging zum Fenster und sah zum Westflügel. Es war nichts zu sehen. Seit jener Musikveranstaltung hatte er dort keine rätselhaften Lichter mehr gesehen.

Seufzend ließ sich Bernstein in einen alten Stuhl sinken. Immer noch kreisten seine Gedanken um den Fall. Er ließ den Blick im Raum herumwandern. Zufällig sah er auf eine alte Uhr, die an der Wand gegenüber hing. Tack, tack, tack, machte sie. Gedankenverloren starrte er sie an. Plötzlich überkam ihn ein merkwürdiges Gefühl. Je länger er die Uhr anstarrte, umso mehr bekam er das Gefühl, dass sie ihm etwas mitteilen wollte. Etwas, das mit ihrem Fall zusammenhing. Angestrengt starrte er auf das alte Ding und hörte auf das Ticken. Tack, tack, tack ...Er war jetzt nur noch auf den Gegenstand fixiert ...

Er schloss die Augen. Immer stärker bekam er das Gefühl, dass die Uhr ihn auf eine Spur führen wollte. *Was war das nur ...?*

Und mit einem Mal wusste er, was es war. Er wusste jetzt, was die Uhr ihm »mitteilen« wollte.

Wie unter Strom stehend sprang er vom Stuhl. Er verließ sein Zimmer, durchquerte Ostflügel, Mittelteil und Westflügel und betrat die Schatzkammer. Er hatte jetzt klar vor Augen, wie die Tat durchgeführt worden war.

Langsam ging er in dem Zimmer umher. Er betrachtete verschiedene Gegenstände genau. Was er sah, schien seine Vermutungen zu bestätigen.

Innerlich aufgewühlt verließ er das Zimmer wieder. Er ging in den Mittelteil und trat auf den im schummrigen Dämmerlicht daliegenden Hof hinaus. Er sah in die Mülltonnen, die hier herumstanden. Sie waren bereits geleert worden. Aufgeregt ging der Detektiv nun direkt zum Arbeitszimmer von Herrn Zeysich im ersten Stock. Erwartungsvoll blickte ihm der Hausherr entgegen.

Die entschlossene Miene seines Gastes schien in ihm einen Hoffnungsschimmer zu wecken.

»Ich denke, ich weiß jetzt, was geschehen ist«, sagte Bernstein, bemüht, nach außen hin ruhig zu wirken. »Ich kann Ihnen noch nicht in allen Details schildern, wie sich die Tat meiner Meinung nach zugetragen hat, denn die

Zeit drängt. Der, den ich verdächtige, will bald abreisen. Wäre es möglich, dass wir Herrn Rennien-May morgen zu einer Unterredung bitten könnten?«

»Ja, das geht ...« Aufgeregt beugte sich der Gutsbesitzer vor. »Dann halten Sie ihn für den Täter?«

»Ja, aber bitte erwähnen Sie noch nichts von meinem Verdacht«, bat Bernstein. »Ich möchte seine Reaktion auf den Tatvorwurf sehen. Ich muss allerdings noch letzte Vorbereitungen treffen. Ich gebe Ihnen dann Bescheid, wenn es so weit ist.«

Herr Zeysich nickte, dann ging Bernstein nach unten.

Am nächsten Morgen fanden sich sieben Personen im Kaminzimmer ein: Außer Paul Rennien-May hatte sich noch Frau Zeysich hinzugesellt, die von ihrem Mann eingeweiht worden war. Auch Paul Juwlis – mittlerweile von seinem Kompagnon eingeweiht – hatte sich ihnen angeschlossen. Max Albert und Jonathan Nails waren auf Bernsteins Wunsch ebenfalls zugegen. Draußen war es bereits stockdunkel.

Bernstein kam ohne Umschweife zum Punkt. An Herrn Rennien-May gewandt sagte er: »Wir haben Sie zu dieser Unterredung gebeten, weil ich den starken Verdacht habe, dass Sie das Schmuckkästchen gestohlen haben.«

Gespannt blickten alle Augenpaare auf den Händler.

Paul Rennien-May versuchte gar nicht erst, besonders gelassen zu wirken. Entgeistert starrte er den Detektiv an und schüttelte dann energisch den Kopf. Anscheinend musste er sich erst ein wenig beruhigen, bevor er antworten konnte.

»Ich soll Ihrer Meinung nach der Täter sein? Wir sind doch davon ausgegangen, dass die Tat während der Musikveranstaltung geschehen ist. Da war ich auch unter den Zuhörern.«

Er warf einen aufgeregten Seitenblick zu Herrn Zeysich, der neben ihm saß. Bernstein war im Übrigen auch nicht so gelassen, wie er sich nach außen hin gab, denn ihm fehlten eindeutige Beweise. Er hatte bloß Indizien, die gegen den Kaufmann sprachen, und die galt es nun überzeugend vorzubringen.

»Was die Tatzeit anbelangt, so sind wir alle von falschen Voraussetzungen ausgegangen«, erklärte Bernstein. »Die eigentliche Tat war schon längst geschehen, als die Vorstellung begann. Sie fand in der Nacht zuvor statt.«

Staunend hörten ihm die anderen Anwesenden zu. Herr Zeysich kräuselte grübelnd die Stirn. Hatte Bernstein gestern nicht selber noch gesagt, er habe die Figur in jener Nacht unversehrt vorgefunden? Und seitdem war – bis zu jenem Konzert – niemand mehr über längere Zeit in dem Raum gewesen.

Es schien, als habe Bernstein Zeysichs Zweifel gespürt.

»Ja«, fuhr er fort, »ich selber bin es gewesen, der gesagt hat, die Figur wäre vor dem Konzert noch heil gewesen. Aber ich irrte mich.« Er blickte eindringlich in die Runde. »Der Täter hat es nur so aussehen lassen, als sei sie noch intakt – sie war es aber schon zu diesem Zeitpunkt nicht mehr.« Er schaute zu Rennien-May hinüber. »In der Nacht zu gestern sah ich in der Schatzkammer ein rätselhaftes Lichtflimmern. Ich gehe davon aus, dass Sie wissen, was es war.«

Der Angesprochene antwortete nicht.

»Sie waren es, der dort die Tat durchführte«, fuhr Bernstein fort. »Sie hatten nur eine Taschenlampe dabei. Sie hofften wohl, man würde den Schein vom Ostflügel her nicht sehen, denn niemand sollte dahinterkommen, dass in der Nacht zu gestern jemand in der Schatzkammer war; möglicherweise hätte das Ihre Pläne durchkreuzt. Ihr Pech war, dass ich in jener Nacht zufällig aus dem Fenster schaute und ein sonderbares Flimmern in jenem Raum bemerkte. Ich ging dann hin zu dem Zimmer und schaute mich um. Es war niemand zu sehen und die Figur war scheinbar noch heil, zumindest lagen noch keine Gipsreste um sie herum.«

Er blickte forschend auf Herrn Rennien-May, der nur schwach den Kopf schüttelte. »Sie sind gestern Morgen noch einmal in diese Schatzkammer gegangen, wie mir Herr Zeysich berichtete. Ich sah von meinem Fenster aus das Licht an- und wenig später wieder ausgehen.« Er schaute gespannt auf den Händler. Er wollte die Reaktion auf seine nun folgende Frage genau mitbekommen, sie konnte seine Version unter Umständen untermauern.

»Sie machten das Licht in dem Raum mit dem Schalter gleich rechts neben der Tür an, nicht wahr? Meine Frage an Sie: Als Sie den Raum wieder verließen, mit welchem Lichtschalter haben Sie das Licht ausgeknipst? Mit dem an der Tür oder mit jenem beim Regal am Fenster?«

Die letzten Worte hatte Bernstein sehr druckvoll, fast herausfordernd gesprochen. Auch die übrigen Anwesenden schienen die Bedeutung dieser Frage zu spüren und blickten gespannt auf Rennien-May.

Es war schwer zu sagen, ob dieser durch die Frage beunruhigt worden war. Zumindest gab er sich jetzt nach außen hin gelassen.

»Es war der Schalter beim Fenster«, sagte er nach einer Weile.

Bernstein nickte langsam. »Das dachte ich mir. Das alles diente der Vorbereitung zu Ihrem Plan. Als ich Sie nach der Vorstellung in die Schatzkammer gehen sah, war Ihre linke Tasche etwas ausgebeult; als Sie den Raum wieder verließen, war es die rechte. Möchten Sie uns sagen, was Sie während des Aufenthalts in dem Raum von einer Tasche in die andere getan haben?«

Herr Rennien-May wirkte nun doch beunruhigt. Seine rechte Hand vollführte nervöse Bewegungen.

»Ich weiß es nicht mehr«, sagte er schließlich. »Vielleicht habe ich mir die Nase geputzt und das Taschentuch nach Benutzung eben in die andere Tasche gesteckt.«

»Das muss aber ein großes Taschentuch gewesen sein, um eine Tasche derart auszubeulen«, meinte Bernstein. Ernster werdend sprach er nun auf Rennien-May ein. »Ich bin mir sicher, dass es etwas anderes war, was da von einer Tasche in die andere wanderte. Mit einem Tuch liegen wir schon gar nicht mal schlecht. Ich nehme an, es war ein großes Tuch oder sogar eine Tischdecke, die Sie in die andere Tasche steckten, nachdem sie ihre Schuldigkeit getan hatte.«

Der Mann starrte Bernstein nur an, ohne erkennbare Reaktionen.

»Bleiben wir mal beim Tuch. Das Tuch, das Sie in die Kammer mitnahmen, enthielt Gipskrümel, nicht wahr?«, fuhr Bernstein fort. »Als Sie in der Nacht zu gestern den Fuß der Figur absägten, hatten Sie vorher ein großes Tuch untergelegt. Die Gipskrümel sollten darauf fallen – keiner sollte liegen bleiben. Als Sie fertig waren und den Fuß provisorisch wieder befestigt hatten, verließen Sie mit dem Schmuckkästchen und dem Tuch die Schatzkammer. Nichts sollte darauf hindeuten, dass hier ein Diebstahl begangen worden war. Erst nach der Vorstellung sollte er entdeckt werden. Sie richteten es so ein, dass Sie vor den anderen in die Schatzkammer gelangten. Dabei schütteten Sie die Gipskrümel um die Figur herum aus und taten uns gegenüber so, als hätten Sie diese eben erst bemerkt. Sie wollten es so aussehen lassen, als sei die Tat während der Vorstellung geschehen, nicht? Sie hatten alles so inszeniert; auch dass während des Konzerts plötzlich das Licht in der Schatzkammer anging, war Ihr Werk.«

Jetzt wandte sich Herr Zeysich an den Detektiv.

»Aber Herr Rennien-May kann das Licht während der Vorstellung doch nicht angemacht haben. Er saß doch mit uns die ganze Zeit über hier im Kaminzimmer.«

Auch die übrigen Anwesenden sahen etwas zweifelnd auf den Detektiv. Auf den nun folgenden Moment hatte sich Bernstein während der gesamten Unterredung gefreut.

»Es war auch nicht Herr Rennien-May, der das Licht während der Vorstellung anknipste. Es war ein Vogel, der das für ihn erledigte.«

Geheimnisvoll blickte er in die Runde. Überwiegend ratlose Gesichter sahen ihn an. Nur Rennien-May saß stocksteif auf seinem Platz. Bernstein warf einen Blick auf seine Armbanduhr. Es war genau eine Minute vor zehn. Bernstein wandte sich wieder an die Runde.

»Sie alle erinnern sich, wie während des Konzerts plötzlich wie von Geisterhand das Licht in der Schatzkammer anging. Zu der Zeit befanden sich außer Herrn Nails alle hier im Raum.« Er machte eine kurze Pause. »Jetzt ist Herr Nails hier bei uns. Es befindet sich momentan außer uns niemand mehr in diesem Gebäude. Dennoch wird gleich das Licht in der Schatzkammer angehen.«

Fassungslos starrten alle Anwesenden auf den Detektiv, dann wanderten alle Blicke zum Fenster. Sie mussten nicht lange warten. Da – auf einmal ging in der Schatzkammer das Licht an. Deutlich zeichnete sich der Lichtschein an der dunklen Außenfassade des Gebäudes ab.

»Wir saßen doch während der Vorstellung nebeneinander«, wandte sich Bernstein an Rennien-May. »Gleich zu Beginn des Konzerts sah ich zufällig auf Ihren Drink. Sie hatten keinen Eiswürfel. Der Koch erzählte, Sie wären kurz vor dem Konzert noch bei ihm gewesen und hätten sich einen Eiswürfel für Ihren Drink geben lassen. Das kann nur wenige Minuten vor Beginn der Vorstellung gewesen sein, wie uns der Koch erzählte, und so schnell schmilzt ein Eiswürfel nicht. Was also hatten Sie mit dem Würfel gemacht?«

Da der Mann nicht antwortete, fuhr Bernstein mit seiner Schilderung fort.

»Ich will Ihnen sagen, was meiner Meinung nach geschah. Sie erinnern sich doch an die Kuckucksuhr? Wenn man sie auf den Tisch vor den Lichtschalter stellt und einen Eiswürfel druntersteckt, dann kann man sie so hinstellen, dass das Vögelchen beim Herauskommen exakt den oberen Bereich des Schalters berührt. Nach einer Stunde würde das Vögelchen wieder herauskommen – nur ist dann der Eiswürfel ja schon geschmolzen! Der Vogel würde also auf den unteren Teil des Schalters treffen! Und wenn es eine Stunde zuvor das Licht angeknipst hätte, dann würde es jetzt also das Licht ausmachen! Und genauso hatten Sie es auch geplant, und es kam dann auch so. Kurz vor dem Konzert waren Sie in der Schatzkammer, stellten die Kuckucksuhr in die richtige Position vor den Lichtschalter und legten den Eiswürfel unter. Während der Vorstellung erfüllte der Kuckuck zweimal seinen Dienst, einmal gleich zu Beginn, und dann noch mal nach einer Stunde. Als dann das Konzert vorüber war, gingen Sie in die Schatzkammer, stellten die Uhr an ihren ursprünglichen Platz zurück und leerten die Gipskrümel bei der Figur aus.« Bernstein lehnte sich in seinem Stuhl zurück. »Ich habe vorhin ausprobiert, ob man tatsächlich mit einem Eiswürfel die Kuckucksuhr so hinstellen kann, dass sie den Schalter erst an- und nach einer Stunde wieder ausknipst. Es geht tatsächlich.« Er blickte eindringlich auf den Tabakhändler. »In der Nacht zu gestern haben Sie in der Schatzkammer die Tat begangen. Sie haben wahrscheinlich auch ausprobiert, ob man die Kuckucksuhr vor dem Lichtschalter so platzieren konnte, dass das Vögelchen den Schalter traf. Sie hatten nur ein Problem: Sie durften kein Licht in dem Zimmer anmachen. Der Lichtschalter neben der Tür war so gestellt, dass man unten drücken musste, um das Licht anzumachen. Ich habe es nämlich selber gemacht, als ich die Schatzkammer in jener Nacht betrat! Aber um Ihren Plan durchführen zu können, muss der Schalter *oben* angemacht werden können. Nur darum gingen Sie gestern Morgen unter einem Vorwand noch einmal in die Schatzkammer. Sie machten Licht, indem Sie den Schalter neben der Tür benutzten. Aber als Sie den Raum verließen, machten Sie das Licht mit dem Schalter beim Fenster aus! Nun konnte Ihr Plan gelingen: Der Schalter bei der Tür war nun so gestellt, dass man das Licht anmachen konnte, indem man ihn oben drückte. Damit hatten Sie alles vorbereitet.«

Paul Rennien-May schüttelte kaum merklich den Kopf. »Alles Unsinn, was Sie da sagen ...«

Bernstein beugte sich zu dem Händler vor und sah ihn direkt an.

»Herr Rennien-May, ich habe mir den Tisch in der Schatzkammer einmal sehr genau angesehen und dabei eine interessante Entdeckung gemacht. Ich habe die Oberfläche untersucht und dabei Reste von einem Bleistiftstrich entdeckt – wohl eine Markierung. Tatsächlich musste man die Uhr auf dem Tisch so hinstellen, dass ihre Hinterwand genau mit jenem Strich übereinstimmte. Natürlich – als Sie kurz vor der Vorstellung die Uhr und den Eiswürfel auf dem Tisch platzierten, hatten Sie die genaue Markierung, an der die Uhr stehen musste! Sie hatten ja nicht die Zeit gehabt, dies erst auszuprobieren.«

Bernstein machte eine Pause. Dann senkte er die Stimme.

»So weit war Ihr Plan gut. Aber Sie hatten Pech. Sie ahnten nicht, dass ich nach dem Konzert – ebenso wie Sie – die Schatzkammer aufsuchen würde. Sie hörten Schritte auf dem Gang und hatten nicht mehr genug Zeit, den Bleistiftstrich vollständig wegzuradieren.«

Eine Weile blieb es still in dem Raum. Dann schien es, als wolle sich Herr Rennien-May einen Ruck geben. Er zögerte noch einen Moment, dann folgte ein umfassendes Geständnis.

»Es stimmt, was Sie sagen«, sagte er in Richtung Bernstein. »Ich habe alles genauso geplant und durchgeführt. Das Schmuckkästchen habe ich in einem Geheimfach in meinem Koffer versteckt. Dort finden Sie auch das Tuch, in dem ich die Gipskrümel transportiert habe, sowie eine kleine Säge. Ich habe mich nicht getraut, das Tuch in den Müll zu werfen, denn es hätten ja immer noch Reste von Gips daran sein können.«

»Wollten Sie mit der Kuckucksuhr-Idee den Verdacht absichtlich gegen Herrn Nails lenken?«, wollte Bernstein wissen.

»Es ging mir vor allem darum, dass der Verdacht nicht auf mich fiel«, antwortete Rennien-May ausweichend. »Herr Nails ist doch schon seit vielen Jahren im Dienst der Zeysichs, ihm hätte man doch so etwas nicht zugetraut.«

»Bitte schildern Sie uns ganz genau, was Sie vorhatten«, mischte sich nun Juwlis ins Gespräch ein.

Herr Rennien-May rückte sich in seinem Sitz zurecht.

»Das Entscheidende war, dass ich kurz vor dem Konzert möglichst schnell die Uhr und den Eiswürfel in die richtige Position bringen konnte. Da half mir tatsächlich die Markierung, die ich mir gemacht hatte. Ich machte mir mit meiner Taschenlampe Licht. Da ich nur in der Nähe der Tür zu tun hatte, war es unwahrscheinlich, dass man den Schein von außen sehen würde. Als ich fertig war, ging ich mit dem Drink zu den anderen ins Kaminzimmer.«

Bernstein blickte nachdenklich drein. »Ihr ganzer Plan war genial. Auch dass Sie nach dem Konzert das Tuch beim Verlassen der Kammer in die andere Tasche gesteckt hatten, war noch kein großer Fehler. Nein, es war etwas anderes, was mich stutzig machte. Und das war Ihr Verhalten, während wir Sie befragten. Sie konnten mir keine

Erklärung für den Taschenwechsel geben, und vor allem: Man spürte, dass Ihnen die Befragung unangenehm war.«

Rennien-May nickte erneut. »Ich war nervös, ja. Schon als ich nach dem Konzert in der Schatzkammer war, stand ich unter Strom. Ich hörte das Quietschen der Tür – gleich würde jemand hier sein ... Ich stellte die Uhr an den Platz zurück, schüttelte die Krümel aus, radierte den Strich weg. Ursprünglich hatte ich vorgehabt, nach dem Konzert den Gipsfuß wieder abzunehmen. Welchen Sinn hätte es gemacht, eine Figur wieder heil zu machen, um sie wie unbeschädigt aussehen zu lassen, wenn verräterische Gipskrümel herumliegen?«

»Das hat uns auch verwundert«, meinte Juwlis nickend. »Woher wussten Sie denn überhaupt von dem Schmuckkästchen in der Figur?«

»Ich komme als Händler viel rum. Ich kannte den Künstler, der die Figur gefertigt hat.«

»Warum haben Sie das Kästchen denn überhaupt gestohlen?«, wollte Juwlis weiter wissen.

»Ich habe hohe Schulden«, erklärte der Händler seufzend. »Ich hätte es versilbern können.«

»Noch mal zu der eigentlichen Tat«, ergriff Bernstein das Wort. »In der Nacht zu gestern, als Sie den Diebstahl begingen, hatten Sie da schon probiert, ob der Trick mit der Kuckucksuhr und dem Lichtschalter klappen könnte?«

Der Mann nickte. Mühevoll beschrieb er, wie er mit Hilfe eines Stücks Holz, das die gleiche Form und Größe wie ein Eiswürfel hatte, herauszufinden versucht hatte, ob man die Uhr so hinstellen konnte, dass das Vögelchen den Schalter am oberen Teil traf.

»Als das Vögelchen den oberen Teil zur vollen Stunde dann planmäßig getroffen hatte, hatte ich die richtige Position raus und markierte sie mit einem Bleistiftstrich. Und ich wusste, dass der Kuckuck mit ausreichend viel Kraft heraussprang, um den oberen Teil auch eindrücken zu können, wenn der Schalter entsprechend eingestellt war. Beim unteren Teil des Schalters konnte ich diesen Test nicht machen, da ja dann das Licht angegangen wäre. Ich verrückte daher nach einer Stunde die Position der Kuckucksuhr etwas und stellte dann fest, dass der Vogel exakt in Höhe des unteren Schalters herausspringen würde, wenn die Uhr ohne Holzstück auf dem Tisch steht.«

»Als mein Kollege in jener Nacht hereinkam, hatten Sie sich wohl versteckt?«, mutmaßte Juwlis.

»Ja. Ich hörte das entsetzliche Quietschen der Tür zum Westflügel. Glücklicherweise war ich schon fertig mit allem. Die Gipskrümel waren im Tuch, die Figur hatte ich so zusammengeklebt, dass man den Fuß leicht wieder abnehmen konnte, die Uhr stand wieder an ihrem alten Platz. Ich versteckte mich hinter dem Sofa, als Herr Bernstein hereinkam.«

»Was hätten Sie gemacht, wenn mein Kollege das Zimmer durchsucht und Sie entdeckt hätte?«

»Ich weiß es auch nicht«, meinte Rennien-May mit gequältem Lächeln.

Max Albert hatte den Gang der Ereignisse bis hierher als weitgehend Unbeteiligter mit immer größer werdendem Interesse verfolgt. Nun wandte er sich an Rennien-May.

»Ich finde, Ihr Plan war genial. Aber ich sehe noch einen winzigen Haken. Sie wollten es so aussehen lassen, als hätte der Täter während des Konzertes den Fuß abgesägt, die Beute entnommen und dann alles so stehen- und liegengelassen. Aber Sie hatten den Fuß ja ursprünglich mal angeklebt. Was, wenn man nun die Klebereste entdeckt hätte? Sie hätten nicht zu der von Ihnen beabsichtigten vorgetäuschten Tat gepasst.«

Herr Rennien-May lächelte gequält. »Es war ein Spezialkleber, den ich verwendete. Hätte ich nach dem Konzert genug Zeit gehabt, hätte ich die Klebereste vollkommen entfernen können.«

Er wandte sich an Herrn Zeysich. »Wenn du willst, gebe ich dir jetzt dein Eigentum zurück.«

Etwa eine Stunde später saßen die Detektive in Zeysichs Arbeitszimmer mit ihren Gastgebern und Max Albert zusammen. Paul Rennien-May war mittlerweile abgereist. Auch für Bernstein und Juwlis hieß es nun, Abschied zu nehmen. Das Schmuckkästchen hatte Herr Zeysich in einem Geheimversteck im Kaminzimmer untergebracht.

»Auf keinen Fall werde ich es noch einmal in der Figur verstecken«, erklärte er mit trauriger Miene. »Sie hat mir kein Glück gebracht.« Er warf Bernstein einen dankbaren Blick zu. »Ihnen ist es zu verdanken, dass das Stück noch bei mir ist. Und auch, dass ich Herrn Nails wieder voll vertrauen kann.«

Ja, der Koch war sichtlich erleichtert gewesen, dass auf ihm kein Verdacht mehr lag.

Was blieb, war die Enttäuschung über die Tat des Seemannes.

»Tja, ich muss mich nun auch leider verabschieden«, sagte Max Albert und erhob sich. Er reichte den Anwesenden der Reihe nach die Hand. »Wer hätte gedacht, dass ich ein solches Abenteuer miterleben würde«, meinte er lächelnd an die Detektive gewandt.

Nur wenige Minuten nach Alberts Abreise stiegen die Detektive in ihren Wagen. Sie hatten sich herzlich von den Zeysichs verabschiedet. Ein letztes Mal ließ Bernstein seinen Blick über die einzigartige, geheimnisumwitterte Landschaft schweifen.

Es war den Detektiven zur Gewohnheit geworden, keinen Fall zu den Akten zu legen, ohne eine Art »Resümee« zu ziehen. Es ging darum, einen Fall für sich »einzuordnen« und letzte Fragen zu klären. Diesmal war es Paul Juwlis, der noch etwas wissen wollte.

»Es war beeindruckend, wie Sie den Täter überführten«, meinte er anerkennend. »Sie wirkten Ihrer Sache ungemein sicher.«

»Ich war gar nicht so sicher, wie ich mich nach außen hin gab«, gestand Bernstein. »Aber ich musste natürlich überzeugend wirken. Meine größte Sorge war, dass meine Präparation in der Schatzkammer auch glücken würde.«

»Es hat alle beeindruckt, als plötzlich wie von Geisterhand das Licht anging«, versicherte Juwlis lächelnd. »Sie haben alle im Kaminzimmer versammelt, damit klar werden sollte, dass auch während des Konzerts das Flackern durch diese Kuckucksuhr hervorgerufen worden war, nicht?«

»Ja. Es mussten alle anwesend sein, damit es glaubhaft werden konnte.«

»Wie um alles in der Welt sind Sie eigentlich dahintergekommen, dass der Kuckuck das Licht angemacht hatte?«

Bernstein lächelte. »Ich kam durch einen Zufall darauf. Sie erinnern sich vielleicht an die schöne alte Uhr, die in meinem Zimmer war. Ich saß in der Ecke und sah zufällig auf diese Uhr. Dabei hörte ich immer wieder das Ticken, sie ist ja recht laut. Tack, tack, machte es immer. Und dann geschah etwas Merkwürdiges mit mir: Ich hörte plötzlich nicht mehr nur »Tack, tack«, sondern stattdessen einen Kuckuck immer wieder rein- und rausschießen. Es war, als ob diese Uhr mich auf die Kuckucksuhr hinweisen wollte.«

Den Rest der Fahrt verbrachten sie überwiegend schweigend. Gespannt überlegten sie, welche neuen Fälle wohl noch auf sie zukommen würden. Sie ahnten noch nicht, dass auch in ihrem nächsten Fall ein Koch mitspielen würde.

Ein vielversprechendes Mahl

Arthur Bernstein und Paul Juwlis kamen pünktlich um 15 Uhr auf dem Anwesen von Wilbert Narplan an. Die zwei Detektive waren zu einer Feier auf dem großen Landgut, das schon einige Hundert Jahre alt war, eingeladen worden. Der schon etwas betagte Herr Narplan feierte seinen 80. Geburtstag, und da die Detektive ihm einst beim Wiederauffinden von einem seiner zahlreichen – in Jahrzehnten gehorteten – Schätze geholfen hatten, wollte er sie als Gäste unbedingt dabeihaben. Zudem war Juwlis schon seit vielen Jahren eng mit der Familie befreundet.

Das Anwesen bestand aus einem zweistöckigen Herrenhaus und hatte im hinteren Teil einen riesigen, verwilderten Garten. Oben auf dem Dach war, aus Ziegelsteinen gemauert, eine Art Vorsprung eingebaut. Dort prangte das Familienwappen der Narplans: eine schwarze Kutsche mit vier Schimmeln. Betrat man das Haus, kam man in eine Empfangshalle, von der aus nach links ein Gang abzweigte. Hier im linken Teil des Erdgeschosses befanden sich unter anderem ein großer Salon und eine Küche. Ganz am Ende des Ganges führte eine Treppe zu den oberen Stockwerken, die jeweils durch Eichentüren zu betreten waren. Im ersten Stock wurden die Zimmer unterschiedlich genutzt. In einigen sollten die Gäste untergebracht werden, andere dienten als Empfangsräume, die beiden hintersten als Lagerräume für Kunstschätze. Im zweiten Stock waren sämtliche der Zimmer einzig dafür da, die Wertgegenstände, die der Hausherr über die Jahre angesammelt hatte, unterzubringen.

Herr Narplan und seine Frau Elsa empfingen die Detektive so, wie sie ihre Gäste stets zu empfangen pflegten: Sie gingen ihnen auf der Hofeinfahrt entgegen und begrüßten sie herzlich. Bernstein und Juwlis waren mit Bernsteins Auto angereist und hatten ihre Koffer abgestellt, als ihre Gastgeber ihnen entgegenkamen.

»Herzlich willkommen, liebe Freunde«, rief Herr Narplan ihnen schon von Weitem entgegen.

Sein hohes Alter sah man ihm wirklich nicht an. Er wirkte mindestens zehn Jahre jünger, auch wenn er etwas im Stress war wegen der vielen Vorbereitungen für das Fest. Er war sehr krank, und seine Ärzte hatten ihm geraten, jegliche Aufregung zu vermeiden, da sie seinen Zustand nur verschlimmern würde. Seine Frau wirkte ebenfalls viel jünger, als sie tatsächlich war. Sie war genauso freundlich wie ihr Gatte, allerdings viel redseliger. Die Narplans hatten eine Besonderheit, die ihre Kleidung betraf: Sie trugen stets festliche Kleidung, selbst wenn sie nur unter sich waren. Möglicherweise entstand dies aus einer Familientradition, nach der eine bestimmte Kleiderordnung eingehalten werden musste. So sah man Herrn Narplan ausschließlich mit dunkler Weste, geschmückt mit verschiedenen Abzeichen, darunter das Familienwappen. Frau Narplan trug über weißer Bluse stets eine kostbare Schärpe, die mit unglaublich wertvollem Goldschmuck verziert war.

»Hallo. Schön, dass wir uns nach so langer Zeit wiedersehen«, erwiderte Bernstein die Begrüßung und ging mit seinem Kollegen ihren Gastgebern entgegen. Sie reichten einander die Hände und tauschten Komplimente aus. Dann begaben sich die vier vergnügt ins Haus.

Das Innere war bereits festlich geschmückt mit Blumen und Bestecken. Sie begaben sich in den linken Teil des Hauses. Hier befand sich gleich rechts die Küche. Gegenüber der Küche befand sich der »große Salon«, der nun als Austragungsort für die Festlichkeiten fungierte. Eine Nebentür des riesigen Raums führte zu den Privatgemächern der Narplans. Der Salon selber sah sehr festlich aus.

Es standen auch hier viele Blumen herum, außerdem war der Raum mit Girlanden geschmückt.

Im rechten Teil des Hauses befanden sich überhaupt keine Zimmer. Auf weiter Fläche waren hier nur Büsten und Statuen platziert. Dieser Teil wirkte fast wie ein Museum.

»Man fühlt sich gleich viel sicherer, wenn man zwei Detektive im Haus hat«, gestand Frau Narplan den Detektiven freimütig. »Aber hier auf unserem Landgut werden Ihre Dienste sicher nicht gebraucht.«

Sie wandte sich an ihren Ehegatten.

»Wilbert, hast du unseren Gästen schon deinen neuesten Erwerb gezeigt?«

Der Gutsherr räusperte sich, als sich nun die Blicke auf ihn richteten.

»Ja, richtig, ich habe heute etwas geliefert bekommen, das ich mir schon seit Längerem für meine Kunstsammlung wünsche. Es ist eine kleine Figur, die mit Edelsteinen besetzt ist. Sie heißt ›der Edelsteinmann‹. Sie kam vor einer Stunde etwa hier an. Ich habe sie sofort in einen meiner Aufbewahrungsräume gebracht. Wenn Sie wollen, kann ich sie Ihnen gerne mal zeigen.«

Die Detektive willigten sofort ein. Sie interessierten sich zwar nicht übermäßig für Kunstgegenstände, aber sie hatten vor einiger Zeit einen Artikel über diese Figur gelesen, der ihr Interesse geweckt hatte. Danach sollte es sich bei dem Stück um das einzigartige Werk eines berühmten Künstlers gehandelt haben, und der Wert des Exemplars dürfte alles, was sie in ihrem Leben an Kunstwerken gesehen hatten, übertreffen. Außerdem wäre eine Besichtigung eine gute Gelegenheit, der schwatzhaften Frau Narplan zu entkommen, die gerade den Salon weiterschmückte.

Sie gingen mit ihrem Gastgeber die Treppe hinauf in den zweiten Stock und standen vor einer jener schweren Eichentüren, die in den oberen Stockwerken angebracht waren. Er öffnete sie mit einem Schlüssel. Nun standen sie in einem langen Gang, der bis zum anderen Ende des Hauses reichte. Zur rechten Seite war die Fensterfront, zur linken befanden sich die acht Räume, in denen Narplan seine Kunstschätze aufbewahrte. Sie gingen den Gang entlang bis zum siebten Zimmer. Die Räume hier waren alle mit einem Sicherheitsschloss versehen. Alle anderen Räume ließen sich normal öffnen; lediglich im ersten Stock befanden sich noch jene zwei Räume, die ebenfalls der Aufbewahrung von Kunstschätzen dienten und auch mit Sicherheitsschlössern ausgestattet waren.

Herr Narplan öffnete das Schloss des siebten Raumes mit einem Sicherheitsschlüssel, der universal für alle im Hause befindlichen Sicherheitsschlösser benutzt wurde. Er hatte ihn, kurz bevor sie den Salon verlassen hatten, noch aus seinen Privaträumen geholt.

Sie betraten den Raum. An allen vier Wänden standen Regale, die fast mannshoch waren. Sie gingen auf ein Regal an der linken Seite zu, auf dem viele Kunstfiguren standen. Die Detektive erkannten die kürzlich erstandene Figur sofort. Sie stellte ein Männlein dar, das die rechte Hand wie zum Schwur erhoben hatte. Das also war der Edelsteinmann. Und tatsächlich war die Figur auch vollkommen mit Edelsteinen bedeckt. Man musste kein Kunstkenner sein, um zu erahnen, dass es sich bei ihr um etwas Einzigartiges handeln musste. Staunend betrachteten sie die Skulptur.

»Was mag so etwas denn wert sein?«, fragte Juwlis wissbegierig.

Herr Narplan freute sich über jedes Interesse an seinen Schätzen.

»Das kann man leider unmöglich sagen«, meinte er und legte den Kopf etwas schief. »Abgesehen von dem reinen Materialwert, der durch die verarbeiteten Edelsteine ohnehin schon immens sein wird, kommt wertsteigernd noch die einzigartige Geschichte der Skulptur hinzu. Sie ist schon alt und durch die Hände einiger Fürstenhäuser gegangen. Gerissene Banditen haben auf teilweise spektakuläre Art versucht, sie in ihre Hände zu bekommen. Sie ist eine Legende für sich. Ich denke, dass man auf einer Auktion eine sechsstellige Summe für sie erhalten könnte.«

Sie blieben noch eine Weile vor dem Regal stehen. Paul Juwlis, den Edelsteine seit jeher fasziniert hatten, durfte die Figur einmal in die Hand nehmen. Sie war kühl und für ihre Größe ungewöhnlich schwer.

Als sie den Raum wieder verließen, war Bernstein sehr nachdenklich geworden. Wenn man berücksichtigte, dass dies nur ein Raum von mehreren war, in denen sich Kunstgegenstände von ungeheurem Wert befanden, dann war fraglich, ob dieses Haus ausreichend gesichert war, dachte der Detektiv bei sich, während Herr Narplan den Raum wieder abschloss. Sie gingen den Gang zurück zu der schweren Eichentür, öffneten sie und traten hinaus in den Treppenbereich. Der Gutsbesitzer hatte die Tür gerade wieder verschlossen und sie wollten sich bereits der Treppe zuwenden, als Bernstein plötzlich stutzte. Sein Blick war zufällig auf jene Eichentür gefallen.

Das waren doch Spuren, dort um den Türgriff herum ... Er schaute genauer hin. Ja, jetzt sah er sie deutlich: Es waren Spuren eines weißen Materials, die dort an der Tür hafteten, schwach zwar, aber doch deutlich erkennbar. Von was mochten sie stammen? Sie sahen aus, als bestünden sie aus Puder oder Mehl. Es wirkte so, als habe jemand diesen Stoff an den Händen kleben gehabt und dabei vorsichtig die Tür angetastet. Bernstein verzichtete vorläufig auf weitere Untersuchungen und ging nachdenklich die Treppe hinunter, hinter den beiden anderen her.

Gegen 17 Uhr trafen Peter Lara und Dorothea Biel, die beiden letzten Gäste, auf Gut Narplan ein. Die Gastgeber begrüßten sie freudig in der Hofauffahrt, während sie die Koffer aus dem Auto holten, das sie hergebracht hatte.

»Herzlich willkommen«, rief Frau Narplan ihnen entgegen.

»Ach, Elsa, es war eine entsetzlich anstrengende Fahrt«, entgegnete Frau Biel jammernd, während sie ihre Gastgeberin umarmte. »Wir mussten ständig irgendwelchen Tieren ausweichen, die auf der Fahrbahn waren. Und dann hatten wir auch noch eine Reifenpanne. Herr Lara konnte sie glücklicherweise beheben.«

Peter Lara war inzwischen mit den Koffern bei der kleinen Gesellschaft angelangt und begrüßte seine alten Freunde. Er war ein gut gekleideter, sportlicher Mann in den Fünfzigern. Er war Händler für Kunstgegenstände. Er wirkte leicht angespannt, zwang sich aber ein Lächeln auf, als sie sich nun alle die Hände reichten.

»Peter, schön, dich wiederzusehen«, wandte sich Herr Narplan an seinen langjährigen Freund. »Ist das lange her ... Oh, du blutest da?«

Der Gutsbesitzer hatte erschrocken innegehalten, als er Herrn Lara die Hand schütteln wollte – Letzterer blutete am Zeigefinger.

»Das kommt von dieser verflixten Autopanne«, schimpfte er, »ich habe mich unglücklich an dem Werkzeug geschrammt.«

»Warte, ich flitze schnell ins Haus und hole dir ein Pflaster«, sagte Frau Narplan hilfsbereit und wollte schon hineingehen, doch Herr Lara hielt sie auf.

»Lass nur, Elsa, vielen Dank, aber so schlimm ist es nicht. Ich wisch mit dem Taschentuch drüber, dann ist es schon weg.«

Er kramte umständlich in der Tasche, holte ein Taschentuch hervor und wischte den Rest Blut vom Finger. Dann sah er sich neugierig auf dem Anwesen um.

»Es ist wirklich schon lange her, seit ich das letzte Mal hier war«, meinte er. »Habt ihr diese Sträucher dort hinten schon damals gehabt?«, fragte er und deutete in die Richtung der Pflanzen.

»Aber ja, die haben wir schon ewig«, meinte Frau Narplan lachend.

Sie plauderten noch ein wenig über dieses und jenes, bevor sie schließlich ins Haus gingen.

Als Erstes gingen sie in den Salon. Er war mittlerweile vollständig geschmückt, einschließlich der großen, prächtig gedeckten Speisetafel. Dem Festmahl stand nichts mehr im Wege.

Nachdem der Salon besichtigt worden war, brachten die beiden neuen Gäste erst mal ihre Koffer auf ihre Zimmer, die sich gleich neben denen der Detektive im ersten Stock befanden. Als diese mitbekamen, dass die letzten Gäste eingetroffen waren und das Festmahl begonnen werden sollte, kamen sie aus ihren Zimmern und begrüßten die neu Angekommenen.

Peter Lara machte auf sie einen eher unscheinbaren Eindruck. Er war freundlich, wirkte aber auch nicht wie jemand, der an ausufernden Plaudereien interessiert war. Auf Bernstein machte er den Eindruck eines Menschen, der nicht gerne sein Innenleben preisgab.

Ganz anders dagegen Dorothea Biel. Ähnlich wie Frau Narplan war sie äußerst redselig. Das an sich wäre ja noch zu ertragen gewesen; was sie jedoch für Bernstein unausstehlich machte, war ihre Art, ständig einen jammernden Ton anzuschlagen und sich über nichtigste Kleinigkeiten aufzuregen. Insgeheim hoffte der Detektiv, mit dieser Person während ihrer Zeit hier auf Gut Narplan nicht allzu häufig zusammenkommen zu müssen.

Wenig später saß die kleine Gesellschaft im Salon an der Speisetafel und genoss die Köstlichkeiten, die der Koch Neibohr seit den frühen Morgenstunden zubereitet hatte. Und es war ihm wahrlich gelungen, ein vielversprechendes Mahl zu zaubern: Es gab einige der herrlichsten Torten und Kuchen, die die zwei Detektive jemals verzehrt hatten. Neibohr hielt nicht viel davon, die Speisen fertig zu kaufen. Er hatte sich lediglich die Zutaten besorgt und ansonsten alles selber gebacken und zubereitet. Zum Abschluss des Schmauses gab es Pudding. Herr Neibohr servierte die Leckereien, die er kunstvoll mit Schokostreuseln verziert hatte. Jeder Gast hatte nun einen Pudding mit einem unterschiedlichen Muster aus Streuseln darauf. Bernstein zum Beispiel hatte einen Kreis, Juwlis hatte ein Dreieck. Bereits nach dem ersten Pudding brachten die meisten keinen Bissen mehr über die Lippen, obwohl der Koch eigentlich zwei »Puddinggänge« vorgesehen hatte. Nur Herr Lara und Herr Narplan hatten noch Appetit und verlangten nach einem Nachschlag, den sie auch bekamen.

»Na, Sie haben ja einen gesunden Appetit«, meinte Frau Biel zu Herrn Lara, der neben ihr saß.

Sie hatte schon während des gesamten Festmahls auf ihn eingeredet, und Herr Lara war entsprechend genervt. Er versuchte es sich jedoch nicht anmerken zu lassen.

»Auch in einem Pudding stecken wertvolle Stoffe«, versuchte er das Ganze mit einem Witz zu übergehen, während er weiter aß.

»Dann werden Sie ja bald davon wimmeln«, entgegnete Frau Biel spitz. »Ich mache mir ja nicht viel aus Pudding, aber vielleicht habe ich auch nur zu viel Kuchen gegessen«, fügte sie hinzu, während sie dem Mann beim Verspeisen des Puddings zusah. Offenbar war ihre Neugier immer noch nicht geweckt, als sie ihn nun noch etwas fragte.

»Sie haben ja bei den Torten nicht gerade zugelangt. Haben Sie überhaupt von der Kirschtorte probiert?«

»Als ob du das nicht selber am besten wüsstest«, dachte Lara verärgert, bemühte sich aber, die Fassung zu bewahren, als er ihr nun antwortete.

»Sie haben recht, ich habe kein Stück davon gekostet. Ich freute mich auf den Pudding und wollte mir eine kleine Lücke lassen. Es freut mich aber, dass Ihnen die Torte offensichtlich geschmeckt hat.«

Tatsächlich hatte Frau Biel bei den Torten ordentlich zugelangt.

Es wurde noch ein sehr langer und vergnüglicher Abend. Es trat noch eine Kapelle auf, die von Frau Narplan als Überraschung für ihren Mann engagiert worden war. Sie hatte ein kleines Ständchen für den Jubilar parat. Danach trat noch ein Zauberkünstler auf.

Die zwei Detektive hatten einen sehr schönen Tag genossen, als sie gegen halb elf zusammen mit Frau Biel und Herrn Lara die Treppe zu ihren Gastgemächern hinaufmarschierten. Den Gastgebern hatte man Gute Nacht gewünscht.

»Ich bin entsetzlich müde, ich lege mich gleich ins Bett«, meinte Herr Lara, während er die Eichentür, die in den Gang des ersten Stocks führte, öffnete. »Bitte verzeihen Sie, Frau Biel, aber ich kann kaum noch die Augen offenhalten.«

Frau Biel hatte ihm angeboten, noch mit auf ihr Zimmer zu einem Kartenspiel zu kommen. Sie war eine ungemein hartnäckige Person, die sich nur schwer damit abfinden konnte, dass mal etwas nicht nach ihrem Willen geschah.

Jeder suchte nun sein Zimmer auf.

Es wurde später und später. Alle Bewohner des Hauses schliefen nun fest. Nein – nicht alle. Arthur Bernstein konnte keine Ruhe finden. Er saß in einem Ohrensessel und hatte den Kopf aufgestützt.

Da war etwas Eigenartiges in der ganzen Atmosphäre zwischen den Anwesenden hier auf dem Landgut. Es hatte seinen Spürsinn geweckt. Doch wie so oft ließ sich nicht genau sagen, was es eigentlich war. Nur *dass* etwas sonderbar war, das fühlte er irgendwie. Und es hing mit der Person Peter Lara zusammen.

Oberflächlich betrachtet hatte der ja eigentlich nichts gemacht, was irgendwie sonderbar angemutet hätte. Nein, es war etwas anderes, was Bernstein nachdenklich machte. Irgendetwas an seinem Wesen wollte nicht in den Rahmen dieser Feierlichkeiten passen. Bernstein wollte einfach nicht glauben, dass Lara einfach nur als Gast, der sich amüsieren wollte, hier war. Er wirkte eher wie jemand, der sich auf eine bevorstehende Aufgabe konzentrieren musste. Es war Bernsteins langjährige Erfahrung als Detektiv, die ihm diesen Eindruck verschaffte.

Er schloss die Augen, wie er es immer tat, wenn er einen klaren Gedanken fassen wollte. Er ließ die gesamte Szenerie des abgelaufenen Tages noch einmal vor seinem geistigen Auge ablaufen. Wie sie sich begegnet waren, wie sie zusammen gespeist und gefeiert hatten ...

Nein, es gab keinen eindeutigen Hinweis, dass Lara etwas plante. Es war einzig die Intuition des Detektivs, die Bernstein mehr und mehr davon überzeugte.

Er versuchte sich die Stimmung Laras vor sein geistiges Auge zurückzuholen, wie er sich verhalten hatte, was er getan hatte. Und so langsam dämmerte es dem Detektiv, was in seinem Unterbewusstsein dieses seltsame Gefühl hervorgebracht hatte. Dieser Peter Lara, so, wie er hier auftrat, wirkte nicht wie jemand, der sich freute, die Narplans wiederzusehen. Man hatte eher den Eindruck, er wirkte verkrampft in deren Nähe, so, als müsse er deren Gesellschaft ertragen. Er wirkte angespannt, obwohl er sich durchaus Mühe gab, sich dies nicht anmerken zu lassen.

Sinnend blickte Bernstein aus dem Fenster. Eine alte Fichte stand direkt davor und verwehrte dem Gast jeglichen Blick auf die schöne Landschaft, auch wenn bei der Dunkelheit momentan eh nichts zu sehen war. Vielleicht sollte man ein wenig auf dem Gang spazieren gehen, möglicherweise kamen einem neue Ideen.

Bernstein verließ sein Zimmer und trottete gemächlich den Gang entlang. Am anderen Ende befand sich ein Fenster. Er schlenderte dorthin und schaute sich den Sternenhimmel an. Doch es nutzte nichts. Er hatte keine Eingebung.

Auch als er nach einer Weile wieder zu seinem Zimmer zurückging, wollte ihm nichts Neues in den Sinn kommen. Die übrigen Gäste schliefen offenbar schon längst, es war kein Laut im ganzen Haus zu hören. Jetzt kam er am Zimmer von Peter Lara vorbei. Ein schwacher Lichtschein war unter dem Türschlitz zu sehen.

Bernstein wusste, dass es ein wenig merkwürdig war, was er nun tat. Aber er konnte nicht anders. War er erst mal in der Rolle des Detektivs, dann wurde er sie so schnell nicht los.

Er beugte sich vor die Tür und schaute durchs Schlüsselloch. Er sah Lara, der an einem Tisch saß und offenbar unruhig die rechte Hand auf und ab bewegte, so, als warte er auf irgendetwas.

Genau dieses Verhalten passte auch zu jenem so angespannt wirkenden Mann, den man bei den Festlichkeiten vorhin erlebt hatte. Da weiter nichts Auffälliges zu sehen war, verließ Bernstein wieder seinen Beobachtungsposten und kehrte zu seinem Zimmer zurück.

Nachdenklich setzte sich der Detektiv auf einen Stuhl. Was wusste man eigentlich über Lara? Herr Narplan hatte nur erzählt, dass er früher zur See gefahren war und später mit Kunstgegenständen gehandelt hatte. Und dass er ein langjähriger Freund der Narplans war. Vielleicht konnte Juwlis mehr über ihn berichten, denn er war ja auch ein alter Freund der Familie Narplan.

Bernstein schaute auf die Uhr. Es war nun schon nach 11 Uhr – konnte man ihn da noch aufsuchen? Schon bei früheren Fällen hatte er seinen Partner des Öfteren aufwecken müssen, weil ihm irgendetwas eingefallen war, was er mit seinem Kollegen durchsprechen musste.

Er entschloss sich schließlich, zaghaft an Juwlis' Zimmertür zu klopfen. Reagierte der nicht, würde er ihn einfach weiterschlafen lassen. Zu seiner Überraschung war sein Kollege noch gar nicht eingeschlafen und öffnete die Tür auf das Klopfen hin prompt. Er wirkte auch nicht sonderlich müde.

»Ich konnte auch nicht einschlafen«, erklärte er und bot ihm einen Sessel an. »Was ist es, weswegen Sie mich sprechen wollten?«

»Es ist wegen Herrn Lara«, erklärte Bernstein. Er war mittlerweile schon ein wenig erschöpft.

»Auf mich wirkt er nicht wie jemand, der hier einfach nur mitfeiern möchte. Er macht den Eindruck, als habe er hier irgendetwas vor. Ich sah ihn vorhin in seinem Zimmer; er wirkte nervös und ungeduldig. Welchen Eindruck haben Sie von ihm?«

Juwlis überlegte. »Mag sein, dass er unter einem gewissen Druck steht. Aber er tut nichts Ungewöhnliches. Ich finde da den Koch schon merkwürdiger.«

Bernstein schaute überrascht auf. »Herrn Neibohr? Aber wir sahen ihn doch nur, als er in den Salon kam, um uns seine Speisen zu servieren.«

»Ich sah ihn zufällig noch bei einer anderen Gelegenheit.« Juwlis' Stimme klang geheimnisvoll. »Erinnern Sie sich noch, wie die anderen Gäste kamen und wir überlegten, ob wir sie zusammen mit den Narplans auf dem Hof begrüßen sollten? Ich bin ins Erdgeschoss gegangen, habe es mir dann aber doch anders überlegt. Ich bin ein wenig hin und her gegangen, und dann schließlich wieder nach oben. Aber ich habe gesehen, wie der Koch die Küche verließ und schnell in den Salon gelaufen ist.«

»Vielleicht hat er noch schnell was auf den Tisch gestellt, das ist doch seine Aufgabe.«

»Soweit ich das sehen konnte, hielt er nichts in den Händen. Außerdem wirkte er wie jemand, der möglichst unbemerkt sein möchte; er huschte ja regelrecht in den Raum. Er kam nach kurzer Zeit auch wieder rausgeeilt. Mich hatte er gar nicht bemerkt; ich stand am anderen Ende des Gebäudes hinter einer Büste.«

»Das alles geschah also, während die Narplans draußen auf dem Hof die Gäste empfingen?«

»Ja, niemand hatte bemerkt, dass der Koch kurz die Küche verlassen hatte. Sonderbar, dass er ausgerechnet dann den Salon aufsuchen muss, wenn die Herrschaft dies nicht mitbekommen kann, nicht?«

Bernstein überlegte eine Weile. Dann wandte er sich wieder seinem Partner zu.

»Sie kennen doch die Narplans schon länger, erzählen Sie doch mal ein bisschen was über sie. Insbesondere über deren Verhältnis zu ihrem Koch und zu Herrn Lara.«

Juwlis lächelte. Ja, er kannte die Familie wirklich gut, und früher war er häufig bei ihnen gewesen. Erst in den letzten Jahren hatte man immer seltener Gelegenheit gehabt, sich zu besuchen. Aber eines hatte er sofort gemerkt, als er hier auf Gut Narplan ankam: Seine Freunde waren zwar älter geworden, aber sie hatten sich ansonsten überhaupt nicht verändert.

»Die Narplans wohnen hier auf dem Gut schon, so lange ich denken kann«, berichtete er. »Auch ihren Koch haben sie schon seit Jahrzehnten. Peter Lara hatte ihn seinerzeit an die Narplans vermittelt. Die beiden sind früher gemeinsam zur See gefahren.«

»Sie kannten sich also schon, der Koch und der Kaufmann. Interessant. Können Sie mir sagen, was für Geschäfte Lara genau macht?«

»Er handelt vorwiegend mit Kunstgegenständen«, erklärte Juwlis. »Viele von den Schätzen, die Narplan hier hortet, sind ihm durch Lara angeboten oder vermittelt worden.«

»Dann weiß Lara also zumindest von den Kunstschätzen hier im Haus«, folgerte Bernstein. »Weiß er auch, dass sich die Dinge überwiegend in den Räumen des zweiten Stocks befinden?«

»Ich denke schon«, meinte Juwlis nach kurzem Nachdenken. »Herr Narplan ist kein großer Geheimniskrämer, und er und Lara sind auch noch befreundet.«

Bernstein dachte daran, wie sie vorhin die Figur im zweiten Stock besichtigt hatten und wie er an der Eichentür, durch die man in den Gang mit den Schatzräumen gelangen konnte, die unscheinbaren Spuren wahrgenommen hatte.

»Weiß der Koch eigentlich, wo Herr Narplan den Sicherheitsschlüssel aufbewahrt?«

Juwlis nickte.

»Er war früher, als er hier anfing, mehr als nur der Koch«, erklärte er. »Das ganze Anwesen war damals nicht so gut in Schuss, darum hat er auch Reparaturen, Renovierungen und so was durchgeführt. Ja, er weiß genau, was da alles in den Räumen gelagert wird, und auch, wo sich der Schlüssel befindet. Er hängt in einem kleinen Kasten an der Wand eines Arbeitszimmers. Wenn Sie vom Salon aus in die Privatgemächer der Narplans gehen, dann ist es gleich das erste Zimmer links. Ein kleiner Raum, der nie abgeschlossen ist. Jedenfalls war das früher immer so.«

Er setzte einen vielsagenden Blick auf. Was er nun sagte, war direkt an seinen Kompagnon gerichtet.

»Ich kenne Sie seit vielen Jahren, Sie haben wieder eine Ihrer Vorahnungen, nicht wahr? Aber bedenken Sie, der Koch ist seit Jahrzehnten hier, hat sich immer gut mit seiner Herrschaft verstanden, warum sollte er jetzt auf kriminelle Wege geraten?«

Bernstein nickte.

»Sie haben Recht, aber es gibt da etwas, was ich Ihnen noch nicht erzählt habe. Als wir heute die Figur besichtigt haben, ist mir auf dem Rückweg etwas aufgefallen. Sie erinnern sich doch an die Eichentür, durch die man in den Gang gelangt. Mir sind dort um den Türgriff herum Spuren eines weißen, pulverartigen Materials aufgefallen, so, als ob jemand die Tür vorsichtig betastet und dabei die Spuren hinterlassen hat.«

»Am Türgriff selber waren keine Spuren?«

»Nein.«

Gebannt starrte Juwlis auf seinen Kompagnon. Diese Geschichte faszinierte ihn immer mehr, und mittlerweile war auch er überzeugt, dass hier etwas nicht stimmen konnte. Er dachte angestrengt nach.

»Ein weißes, pulverartiges Material ... das müsste Mehl sein! Natürlich, der Koch hat doch heute all die Kuchen für uns gebacken, und dafür hat er Mehl verwendet. Die Spuren an der Tür müssen auf jeden Fall von heute stammen, denn wenn sie gestern oder wann auch immer dort hingekommen wären, hätte Frau Thiner, die hier jeden Morgen saubermacht, sie auf jeden Fall entfernt.«

Wieder nickte Bernstein.

»Das dachte ich mir auch so, es ist die einzig logische Erklärung. Die Frage ist nur: Was hatte der Koch dort oben zu suchen? Er war heute in der Küche vollauf beschäftigt, warum geht er dann nach oben, wo die Räume mit den Kunstgegenständen sind?«

Eine Weile herrschte Schweigen.

»Sie sagten, die Tür war wohl vorsichtig betastet worden«, sagte Juwlis nach einer Weile. »Das kann doch nur bedeuten, dass er Herrn Narplan nachgeschlichen ist, als dieser seine neu erstandene Figur in einem der Räume unterbrachte. Und er öffnete die Tür vorsichtig, damit Narplan ihn nicht bemerken sollte.«

»Genau das ist mein Verdacht.« Bernstein trommelte mit den Fingern auf dem Tisch herum. »Aber warum will der Koch unbedingt wissen, wo sein Dienstherr seinen neuen Schatz aufbewahrt?«

Juwlis schüttelte ungläubig den Kopf.

»Er kann doch unmöglich vorhaben, die Figur zu stehlen. Er ist der Einzige, der weiß, wo der Schlüssel ist, und er ist der Einzige, der überhaupt die Gelegenheit hätte, etwas aus den Räumen zu stehlen. Die Putzfrau macht morgens immer nur die Gänge sauber, sie hat nicht den Sicherheitsschlüssel zu den Räumen, in denen die Kunstgegenstände gelagert werden. Der Verdacht würde doch sofort auf Neibohr fallen.«

»Und dennoch bin ich mir sicher, dass er nicht einfach nur aus Neugierde seinem Chef nachgeschlichen ist.« Bernsteins Miene wurde immer entschlossener. »Vielleicht hat es irgendetwas mit dem Besuch von Peter Lara zu tun. Sie kennen doch Lara von früher her – ist an seinem jetzigen Verhalten etwas anders, als es früher war?«

Juwlis überlegte. Allzu oft war er dem Händler in der Vergangenheit auch nicht begegnet.

»Ja, er wirkt anders als früher«, meinte er schließlich, langsam den Kopf hin und her wiegend, als müsse er sich an etwas erinnern. »Er wirkte früher viel gelöster als heute. Zumindest hat er vertraulicher mit einem geplaudert und manchmal Anekdoten erzählt. Jetzt wirkt er, als sei er gezwungen, diese ganzen Feierlichkeiten hinter sich bringen zu müssen.«

Wenig später war Bernstein allein in seinem Zimmer. Sie hatten noch eine Weile über den Fall diskutiert, bis Paul Juwlis schließlich – wie meistens bei ihren nächtlichen

Beratungen – als Erster nicht mehr durchhalten konnte und sich schlafen gelegt hatte.

Jedenfalls hatten die Ansichten seines Kompagnons Bernsteins Vermutungen bekräftigt: Peter Lara wirkte angespannt, wollte sich dies aber nicht anmerken lassen. Die Tatsache, dass Neibohr und Lara sich schon von früher her kannten, hatte Bernstein noch nachdenklicher gemacht, als er es ohnehin schon war. Eines war ja auf jeden Fall merkwürdig: die »Tastspuren« oben an der Eichentür. Logisch betrachtet konnten es tatsächlich nur Mehlspuren von den Händen des Kochs sein, denn die Narplans hatten stets saubere Hände. Das wiederum weckte natürlich den Verdacht, dass Neibohr auspionieren wollte, in welchem Zimmer Narplan die Figur lagern wollte, denn als Koch hatte er da oben nichts zu tun. Auch dass sich die Spuren um den Griff herum befanden, sprach dafür, dass hier jemand eine ohnehin schon offene Tür weiter aufgedrückt hatte, um in den Gang sehen zu können. Dass der Koch selber vorgehabt haben könnte, die Figur zu stehlen, glaubte Bernstein allerdings ebenso wenig wie Juwlis. Aber vielleicht sollte er ja für Lara auspionieren, wo sich das Kunstwerk befand. Lara war Kunsthändler, er hätte bestimmt einen Abnehmer für die Figur gefunden. Und war es etwa Zufall, dass das vermeintliche »Nachspionieren« am selben Tag geschah wie das Eintreffen Laras?

Vielleicht sollte man sich die Spuren an der Eichentür noch einmal genauer betrachten, überlegte Bernstein. Er hatte vorhin ja nur einen flüchtigen Blick darauf geworfen.

Er öffnete seine Zimmertür und starrte hinaus auf den Gang. Kein Geräusch war zu hören. Langsam ging er zur Treppe und stieg hinauf. Er hatte eine kleine Taschenlampe dabei. Die Stufen knarzten ein wenig, ansonsten war immer noch alles still.

Jetzt stand er vor jener Tür und leuchtete mit der Lampe

auf die Stelle mit den rätselhaften weißen Spuren. Er kniff die Augen zusammen und schaute genau hin. Ja, es waren Abdrücke von Fingern, so viel war klar. Hier hatte jemand sacht seine Finger an der Tür angesetzt, so, als wolle er sie nur vorsichtig bewegen.

In Gedanken versunken ging Bernstein zurück zu seinem Zimmer. Er ließ sich in den Sessel fallen und versuchte, seine Gedanken zu ordnen. Wovon musste man ausgehen? Was gaben die Spuren und das Verhalten der Personen her? Der Koch Neibohr und der Kunsthändler Lara hatten – möglicherweise – geplant, die Figur zu stehlen. Neibohr sollte seinem Dienstherrn heimlich zusehen, wo dieser das Kunstwerk unterbrachte. Dann sollte er Lara irgendwie mitteilen, wo es sich befand, denn Neibohr selber hätte kaum die Gelegenheit gehabt, als Nichtbewohner des Hauses in die Räume des zweiten Stocks zu gelangen. Juwlis hatte sich geirrt, als er behauptete, der Koch hätte als Einziger hier im Haus die Gelegenheit dazu, sie zu stehlen. Neibohr arbeitete nur tagsüber hier im Haus, und da waren die Narplans eben auch wach. Wenn Neibohr seinen Dienst beendet hatte, begab er sich in seine Wohnung, die sich ein paar Gehminuten außerhalb des Anwesens befand. Peter Lara hingegen – ja, der hätte in dieser Nacht eine gute Gelegenheit, die Figur an sich zu bringen, wenn er den Sicherheitsschlüssel und die entsprechenden Informationen hätte.

Bis hierhin war aus Bernsteins Sicht alles klar. Aber jetzt gab es ein Problem: Wie wollte der Koch seine Beobachtung an Lara weitergeben? Zu dem Zeitpunkt, als Herr Narplan die Figur in jenem Raum verstaute, befand sich Herr Lara mit Frau Biel ja noch im Auto; die beiden hatten eine sehr lange Anreise gehabt. Telefonisch hätte er ihn also nicht erreichen können. Als Lara hier auf dem Anwesen erschien, hatte er keinen Kontakt mit Neibohr gehabt. Lediglich als die Speisen serviert wurden, waren die üblichen Floskeln wie »Bitte sehr« oder »Guten Appetit« gefallen.

Bernstein musste lächeln – die Worte sollten doch wohl nicht etwa eine verschlüsselte Information enthalten haben? Mit verschlüsselten Botschaften hatten die Detektive in der Vergangenheit schon des Öfteren zu tun gehabt.

Und dann war da noch das Problem, wie Lara in den Raum hineingelangen wollte. Das ging nur mit dem Sicherheitsschlüssel, während die Eichentür problemlos mit einem Dietrich geöffnet werden könnte. Nun, Juwlis hatte Neibohr ja beobachtet, wie dieser heimlich in den Salon huschte, während die Narplans im Hof die Gäste empfingen. Vom Salon aus ging es zu den Privatgemächern der Narplans, und dort befand sich auch der Sicherheitsschlüssel.

Grübelnd wiegte der Detektiv den Kopf hin und her. Mal angenommen, es war so – der Koch beobachtete, wie sein Chef eine wertvolle Figur in einem Raum im zweiten Stock verstaute. In einem unbeobachteten Moment entwendete er dann den Schlüssel zu diesem Zimmer, um ihn irgendwie einem Gast zu übergeben, der dann – vermutlich des Nachts – in das Zimmer eindringen und die Figur stehlen wollte. Der Gutsherr war laut Juwlis keiner, der sich ständig seine Schätze anschaute – eine solche Tat würde, wenn alles glatt liefe, möglicherweise lange unentdeckt bleiben. Lara müsste nach der Tat den Schlüssel eben an den Koch zurückgeben und dieser ihn dann wieder an seinen Platz in den Gemächern der Narplans bringen. Letzteres dürfte relativ leicht zu bewerkstelligen sein; Neibohr müsste eben wieder einen passenden Moment abwarten, um in die Gemächer huschen zu können.

An diesem Punkt angelangt, musste Bernstein sich erst einmal besinnen. Was er sich da alles in seinem Kopf zurechtgelegt hatte, konnte sich natürlich als Hirngespinst erweisen. Es war zwar gewiss nicht aus der Luft gegriffen, doch streng genommen gab es auch keinen konkreten, eindeutigen Verdachtspunkt, dass Lara hier etwas stehlen wollte. Laras Verhalten konnte tausend Gründe haben, und auch das rasche Hineinlaufen in den Salon konnte einen völlig banalen Grund haben. Allein die Spuren an der Eichentür waren merkwürdig – da half alles Drehen und Wenden nichts.

Jedenfalls konnte es ja nicht schaden, wenn man sich einfach nur mal überlegte, wie denn der Koch seinem vermeintlichen Kumpan den Schlüssel unbemerkt übergeben und ihm auch noch mitteilen wollte, in welchem Raum sich die Figur befand. Aber die beiden hatten ja eben keinen direkten Kontakt miteinander gehabt, so viel stand fest. Bernstein legte den Kopf in die Hände und versuchte sich die Situation beim Festmahl vorhin vor sein geistiges Auge zurückzuholen. Wie immer, wenn er seinem Hirn alles abverlangen musste, schloss er auch diesmal die Augen. An alles, was irgendwie außergewöhnlich war, versuchte er sich zu erinnern. Aber es fiel ihm nichts ein, was Peter Lara irgendwie »anders« gemacht haben könnte, als es jeder x-beliebige Gast getan hätte. Wie konnte die Information ausgetauscht worden sein? Wie der Schlüssel heimlich überbracht worden sein? Neibohr hatte Lara die Speisen genauso serviert wie allen anderen Gästen. Er hatte ihm nichts zugesteckt, keinen Zettel oder irgendetwas in der Art. Die Tischrunde hätte dies sofort bemerkt, denn der Koch stand während des Servierens natürlich im Mittelpunkt. Er hatte keine Chance gehabt, ihm heimlich etwas zuzustecken oder zuzuflüstern, so viel war klar.

Es waren auch lediglich die Puddings gewesen, die der Koch den Gästen direkt serviert hatte, alle anderen Speisen hatte er allen zugänglich nur auf den Tisch gestellt. Und die Puddings waren in hohen, durchsichtigen Schalen serviert worden, es hatte also keine Möglichkeit gegeben, hier unbemerkt einen Zettel oder Ähnliches beizustecken – so merkwürdig dies ohnehin gewesen wäre.

Aber was war es dann? Bernstein hatte immer noch die Augen geschlossen. Zudem hatte er den Kopf in beide Hände genommen, so wie es stets seine Art war, wenn er ein sehr tief verborgen liegendes Problem an die Oberfläche holen wollte. Waren es vielleicht unauffällige Zeichen, die der Koch gemacht hatte? Zeichen, die nur Lara hätte deuten können, weil beide es vorher abgesprochen hatten? Ihm war absolut nichts Ungewöhnliches am Koch aufgefallen, er schien ganz normal seine Arbeit getan zu haben.

Bernstein vertiefte sich immer mehr in seine Überlegungen, er versuchte, alles nur Erdenkliche in sein Bewusstsein zu bringen und dann abzuwägen. Und plötzlich kam ihm ein Gedanke. Ein Gedanke, der, wenn er sich als richtig herausstellen sollte, das Sonderbarste bedeuten dürfte, was er und Juwlis als Detektive je erlebt hatten.

Ja, es passte alles zusammen ... es würde auch erklären, warum der Koch die Puddings mit so sonderbaren Mustern verziert hatte. Es gab für Bernstein nur eine Erklärung: Neibohr hatte den Schlüssel Herrn Lara mit dem zweiten Pudding serviert! Und zwar musste dieser in dem Pudding selber gesteckt haben!

Aufgeregt tanzten Bernsteins Finger auf der Tischplatte herum. Er sah die Szene genau vor sich, wie Lara sich beim Verzehren des zweiten Puddings den Mund mit der Serviette abgewischt und diese dann nicht wie normal üblich auf den Tisch zurückgelegt, sondern eingesteckt hatte – rein zufällig hatte Bernstein diesen Moment beobachtet. Lara hatte den Schlüssel mit Hilfe der Serviette aus seinem Mund genommen und beides dann in der Tasche verschwinden lassen. Keiner der Anwesenden hatte etwas gemerkt. Auch die Muster, die Neibohr mit Streuseln auf die Puddings fabriziert hatte, ließen sich logisch erklären: Er hatte ein bestimmtes Muster für Lara vorbereitet, und er musste natürlich sicher sein, dass dieser auch den entsprechenden Pudding bekam. Nicht auszudenken, wenn er versehentlich Herrn Narplan den Pudding mit dem Schlüssel vorgesetzt hätte – er wäre in arge Erklärungsnot gekommen.

Bernstein blickte düster drein. Das alles konnte nur bedeuten, dass Lara vorhatte, die Figur zu stehlen. Und wann wäre die Gelegenheit dazu so günstig wie jetzt? Müsste man nicht eigentlich den Gutsbesitzer wecken und ihn warnen? Doch was hätte man ihm sagen sollen? Dass man Mehlspuren an der Eichentür gefunden hatte? Bis jetzt hatte Bernstein nur anhand von Indizien und Intuition Schlussfolgerungen gezogen, die zwar eine gewisse Logik hatten, aber *objektiv* betrachtet nicht bedeuten mussten, dass Lara hier irgendeinen Diebstahl vorhatte. Nur auf Bernsteins subjektives Empfinden hin, dass der Kunsthändler hier etwas plante, konnte man Herrn Narplan doch nicht mitten in der Nacht wecken.

Immer unruhiger werdend ließ der Detektiv seine Finger unkontrolliert über den Tisch tanzen, gelegentlich trommelten sie auch auf selbigem herum. Wenn seine Vermutung richtig war, dann müsste Lara also irgendwann nach oben schleichen, die Eichentür mit einem Dietrich öffnen, mithilfe des Sicherheitsschlüssels in den Raum eindringen, die Figur an sich bringen – und wohl über Nacht verschwinden.

Er seufzte. Bis jetzt hatte er draußen auf dem Gang noch keinen Laut gehört. Lara hatte seinen vermeintlichen Plan also noch nicht in die Tat umgesetzt. Er überlegte. Sollte man vielleicht noch mal durchs Schlüsselloch spähen? Kaum war der Gedanke da, hatte ihn der Detektiv auch schon in die Tat umgesetzt. Wie vorhin stand er nun vor Laras Zimmer und spähte durchs Schlüsselloch. Der Kunsthändler war noch wach. Er ging unruhig im Zimmer hin und her und sah nervös auf die Uhr. Dieser Mann hatte etwas vor. Bernstein war sich nun endgültig sicher.

Aufgeregt ging der Detektiv zu Juwlis' Zimmer und klopfte an. Der hatte in der Zwischenzeit offenbar auch nicht schlafen können und hörte sich geduldig Bernsteins Vorstellung vom geplanten Coup an.

»So weit klingt das alles schlüssig«, war seine Einschätzung, nachdem sein Partner mit seinen Ausführungen zu Ende war. »Neibohr stiehlt den Sicherheitsschlüssel für die Räume und versteckt ihn in dem Pudding, den er Lara serviert. Damit er weiß, wem er den Pudding vorlegen muss, markiert er die Puddings mit unterschiedlichen Streuselmustern.« Juwlis überlegte. »Eine witzige Vorstellung. Aber es könnte tatsächlich so geplant sein. Ein Problem gibt es aber noch. Der Schlüssel gilt ja nicht nur für den Raum sieben, den mit der Figur, sondern für alle Schatzräume im zweiten Stock, und auch für jene zwei im ersten Stock. Wie sollte Lara nun wissen, in welchen Raum die Figur gebracht wurde? Oder ging es ihm womöglich gar nicht speziell um die Figur, sondern nur darum, überhaupt etwas zu stehlen?«

»Nein, das glaube ich nicht«, erwiderte Bernstein. »Erinnern Sie sich noch an die Mehlspuren? Wir sind doch davon ausgegangen, dass der Koch Herrn Narplan gefolgt ist, als dieser die Figur in den Raum sieben brachte. Er wollte wissen, wo sie war; es ging ihm darum, dies an Lara weiterzugeben.«

Bernstein überlegte. »Aber Sie haben recht – wie soll Lara wissen, in welchem Raum sich die Figur nun befindet? Der Plan wird kaum so ausgesehen haben, dass er sämtliche Räume auf gut Glück durchforsten soll. Irgendwie muss ihm der Koch auch den genauen Raum mitgeteilt haben.«

»Es sind eigentlich zwei Dinge, die er ihm mitteilen musste, nämlich, in welchem Stockwerk sie ist und in welchem Raum. Hier im ersten Stock kämen die Räume 7 und 8 in Frage, im zweiten Stock alle acht Räume.«

Zunächst hatte Bernstein dieser Äußerung seines Kollegen keine größere Beachtung geschenkt. Sie enthielt genau genommen keine Information, die er nicht schon selber hatte. Doch mit einem Mal fiel ihm etwas auf. Fieberhaft dachte er nach. Wieder rasten Gedanken durch seinen Kopf. Dann starrte er seinen Kompagnon an wie einen Geist.

»Zwei Dinge – zwei Puddings! Das muss es sein! Jetzt wird mir auch klar, warum der Koch nur *einen* Strich aus Streuseln für Laras Pudding vorgesehen hatte. Können Sie sich noch an das Muster auf dem zweiten Pudding erinnern?«

Juwlis lächelte. »Tut mir leid, ich habe nicht darauf geachtet. Aber vielleicht hat Frau Biel es zufällig bemerkt. Sie saß ja auf seiner anderen Seite und hat mehr zu ihm rüber geschaut, als ihm lieb gewesen sein dürfte. Aber was sollen diese Muster denn bedeuten?«

Bernstein antwortete nicht sofort. Er stand auf und bedeutete Juwlis, ihm zu folgen. Sie gingen in die Privatbibliothek der Narplans gleich neben Bernsteins Zimmer.

»Wissen Sie, was ein Semaphor ist?«, fragte Bernstein, nachdem sie die Tür hinter sich zugemacht hatten. Als Juwlis den Kopf schüttelte, meinte Bernstein: »Das sind Masten, mit denen sich die Seefahrer früher Signale gegeben haben. Neibohr und Lara sind doch früher beide zur See gefahren, sie kannten vielleicht diese Zeichen schon.«

Er hatte sich ein Buch aus einem Regal geholt und blätterte darin. Nach einer Weile hatte er gefunden, wonach er gesucht hatte.

»Hier ist ein Diagramm mit diesen Zeichen.«

Auf dem Bild waren kleine Männchen zu erkennen, die jeweils eine Fahne in der Hand hielten. Der erste Mann hielt die Fahne mit seinem rechten Arm nach rechts unten, für den Betrachter des Bildes also nach links unten. Der zweite hielt sie ebenfalls an seinem rechten Arm; diesmal horizontal nach rechts, vom Betrachter aus also wieder links. Der dritte hielt die Fahne nach rechts (bzw. links) oben, der vierte ganz nach oben, und so ging es im Uhrzeigersinn weiter.

»Jedes Zeichen steht für einen Buchstaben«, erklärte Bernstein. »Der erste Mann, der sein Fähnchen nach rechts unten hält, steht für den Buchstaben ›A‹, der zweite, der den Arm mit dem Fähnchen ausgestreckt nach rechts hält, für ›B‹, und so weiter.«

Bernstein sah geheimnisvoll aus, als er nun weitersprach. »Diese Semaphorzeichen stehen allerdings nicht nur für Buchstaben, sondern auch für Zahlen. Das Zeichen für ›A‹ steht gleichzeitig für die Zahl ›Eins‹, das Zeichen für ›B‹ für die ›Zwei‹, und so weiter.« Er beugte sich leicht zu Juwlis vor. »Und nun raten Sie mal, wie der Strich auf Laras erstem Pudding verlief?«

Langsam dämmerte es Juwlis. »Der Strich sollte das Stockwerk beschreiben, also hatte Neibohr wohl das Zeichen für ›Zwei‹ verwendet.«

»Richtig«, bestätigte Bernstein. »Ich sehe den Pudding genau vor mir, ich hatte zufällig hingeschaut. Er stellte den Pudding vor Lara so hin, dass die Streusel einen geraden Strich auf der linken Puddingoberfläche bildeten. Und dieses Zeichen steht für die ›Zwei‹. Dadurch wusste Lara, dass die Figur im zweiten Stock verstaut ist.«

Bernstein blickte seinen Kollegen ernst und eindringlich an.

»Wenn nun das Muster auf dem zweiten Pudding für die ›Sieben‹ steht, dann gibt es keinen Zweifel mehr«, sagte er mit leiser Stimme. »Dann ist endgültig sicher, dass hier eine Botschaft übermittelt wurde.«

Sie blickten erneut auf das Diagramm mit den Zeichen.

Das siebte Männchen hielt die Fahne nach links unten, vom Betrachter aus also nach rechts unten.

Sie warfen sich einen nachdenklichen Blick zu. Konnte man jetzt Frau Biel wecken, um sie zu fragen, wie die Streusel auf dem Pudding ihres Tischnachbarn verteilt waren? Es war bereits nach Mitternacht.

Andererseits ging es hier um viel. Es stand zu befürchten, dass ein Kunstwerk von großem Wert in die falschen Hände geraten sollte. Die Antwort von Frau Biel konnte ihnen endgültige Gewissheit verschaffen.

Bernstein erhob sich. »Wir versuchen es.«

Juwlis war heilfroh, dass sich sein Kompagnon sofort selbst bereit erklärte, die Frau zu befragen. Er würde sich dabei im Hintergrund halten.

Sie standen vor der Tür von Frau Biels Zimmer. Vorsichtig klopfte Bernstein an die Tür. Als sich nichts rührte, klopfte er noch einmal stärker. Jetzt hörten sie, wie sich in dem Zimmer etwas tat. Kurz darauf ging die Tür auf, und Frau Biel streckte ihren verschlafenen Kopf heraus.

»Bitte entschuldigen Sie, dass wir Sie um diese Zeit stören«, sagte Bernstein hastig, »aber wir haben ein dringendes Problem, bei dem Sie uns vielleicht helfen können.« Er musste kurz Luft holen. »Es geht um den zweiten Pudding, den Herr Lara gegessen hat. Sie saßen doch neben ihm; können Sie uns vielleicht sagen, welches Muster die Streusel auf diesem Pudding bildeten?«

Fassungslos starrte die Frau ihn an. Nur, um das zu fragen, klopfte man mitten in der Nacht an ihre Tür? Schließlich bemühte sie sich aber doch noch, sich zu erinnern.

»Also, die Streusel bildeten einen Strich.«

»Wo genau befand sich dieser Strich auf dem Pudding?«, fragte Bernstein aufgeregt nach. »Ich meine, aus der Sicht von Herrn Lara.«

Frau Biel überlegte. »Er befand sich im rechten unteren Teil.«

»Ging er von der Mitte aus nach rechts unten?«

»Ja, genau.«

Sie bedankten sich und ließen die verblüffte Frau wieder zur Ruhe kommen.

Sie marschierten zurück zur Bibliothek. »Von der Mitte aus nach rechts unten« – das war das Semaphorzeichen für die »Sieben«. Das Buch mit dem Diagramm lag noch aufgeschlagen vor ihnen.

In Raum sieben befand sich die Figur.

Sie waren jetzt wieder in Bernsteins Zimmer. Während der gesamten letzten Zeit hatten sie mit einem Ohr immer auch auf mögliche verdächtige Geräusche gelauscht. Doch von Peter Lara war bis jetzt nichts zu hören oder zu sehen gewesen.

Bernstein lehnte sich nachdenklich in seinem Sessel zurück. »Wir können vorläufig nur abwarten und dann versuchen, ihn auf frischer Tat zu ertappen«, meinte er.

Sie hatten fieberhaft überlegt, was man tun konnte, aber es lief alles nur darauf hinaus, abzuwarten. Sie hatten auch überlegt, den Gutsherrn über ihren Verdacht zu informieren, dies dann aber doch verworfen. Immer noch hatten sie keinen eindeutigen Beweis.

»Das könnte eine lange Nacht werden«, meinte Juwlis seufzend. »Wer weiß schon, wann er zuschlagen wird ...«

Plötzlich hörten sie draußen auf dem Gang ein leises Geräusch. War da nicht eben eine Tür zu hören gewesen? Sie horchten in die Stille, hörten aber nichts. Bernstein eilte zum Schlüsselloch. Lara musste, wenn er sein Vorhaben durchführen wollte, an Bernsteins Zimmer vorbeikommen. Er schaute durchs Loch ... Tatsächlich, da ging Lara! Bernstein nickte seinem Kollegen zu. Sie warteten noch einen Moment, dann öffnete Bernstein leise die Tür. Er schaute hinaus auf den Gang. Gerade sah er noch, wie der Kunsthändler die Treppe hinaufstieg und dann aus seinem Blickfeld verschwand. Lara hatte ihn nicht bemerkt. Nun gingen die Detektive rasch hinaus und ebenfalls Richtung Treppe. Sie gingen leise hoch bis zum ersten Stock und horchten ... Jetzt hörten sie ein leises, metallenes Geräusch! Kein Zweifel: Da versuchte jemand, die Eichentür mit einem Dietrich oder etwas Ähnlichem zu öffnen ...

Sie warteten, bis das Geräusch verstummt war und die Eichentür nahezu geräuschlos aufgemacht worden war. Dann schlichen sie vorsichtig nach oben ... Die Eichentür war nur einen kleinen Spalt geöffnet. Vorsichtig schob Bernstein sie weiter auf, um einen Blick in den Gang werfen zu können. Das Mondlicht erleuchtete den Gang ein wenig. Peter Lara stand vor Raum sieben und holte einen Schlüssel hervor. Leise öffnete er die Tür zu dem Raum. Er trat hinein und ließ die Tür leicht angelehnt.

Bernstein gab Juwlis ein Zeichen. So leise wie möglich huschten sie zu dem Raum hin. Bernstein guckte vorsichtig hinein. Lara stand vor dem Regal mit der Figur – seine Hand hatte das Kunstwerk bereits ergriffen. Er betrachtete sie noch kurz und wollte sie gerade in einen Beutel stecken, als plötzlich das Licht anging.

Von wahnsinnigem Schrecken ergriffen fuhr der Mann herum. Die zwei Detektive standen in der Türöffnung und schauten zu ihm herüber.

»Ich dachte mir, dass Sie so etwas vorhatten«, sprach Bernstein zu dem Mann. »Ich hatte schon die ganze Zeit über das Gefühl, dass Sie hier nicht zum Feiern hergekommen sind.«

Der Kunsthändler stellte schweigend die Figur an ihren Platz im Regal zurück. Seine Bewegungen wirkten mechanisch, wie bei einem, der weiß, dass er alles verloren hat. Jetzt wandte er sich den Detektiven zu.

»Okay, es ist vorbei.« Er wirkte nun einigermaßen gefasst. »Wie geht es jetzt weiter?«

»Lassen Sie uns in meinem Zimmer darüber reden«, schlug Bernstein vor. »Wir können Herrn Narplan jetzt nicht wecken.«

Lara nickte zustimmend. Sie verließen den Raum, und der überführte Kunsthändler schloss ihn mit dem Sicherheitsschlüssel wieder ab. Die Eichentür verschloss er mit einem Dietrich. Dann gingen sie in Bernsteins Zimmer. Sie setzten sich in die Sitzecke. Der Sicherheitsschlüssel lag vor ihnen auf dem Tisch.

»Sie sagten vorhin, Sie hätten geahnt, dass ich hier etwas vorhabe«, meinte Lara, an Bernstein gewandt. »Wie sind Sie mir denn überhaupt auf die Schliche gekommen?«

»Es gab eine ganze Reihe von Hinweisen, die darauf hindeuteten, dass Sie die Figur stehlen wollten. Und dass der Koch Ihnen helfen sollte, indem er Ihnen verriet, wo genau sich die Figur befand. Er sollte Ihnen auch den Schlüssel für die Räume beschaffen.«

Peter Lara hatte den Worten des Detektivs fassungslos zugehört. Er war schon erstaunt genug, dass ihm überhaupt jemand auf die Schliche gekommen war, und nun wusste dieser Detektiv auch noch von jenem geheimen Plan zwischen ihm und dem Koch. Wie um alles in der Welt war er dahintergekommen? Sein Plan war doch absolut wasserdicht gewesen. Wusste dieser Detektiv etwa alles? Kannte er die geniale Idee von der Botschaft auf dem Pudding?

Bernstein konnte die Zweifel des Mannes beseitigen.

»Ich bin zum ersten Mal stutzig geworden, als ich an der Eichentür oben im zweiten Stock Mehlspuren fand. Sie konnten nur vom Koch stammen, denn wer sonst sollte wohl Mehl an den Händen haben? Dass die Mehlspuren dort oben zu finden waren, konnte nur bedeuten, dass er heimlich auspähen wollte, wo Herr Narplan die Figur unterbringen wollte. Das brachte mich auf den Gedanken, dass er dies für Sie, Herr Lara, ausspähen sollte. Sie sind Kunsthändler, Sie hätten sicher einen Abnehmer für eine solche Arbeit gefunden. Der Koch hätte auch kaum eine Möglichkeit gehabt, die Figur zu stehlen. Er wohnt außer Haus, und wenn sein Dienst beendet ist, verlässt er das Anwesen und kommt erst am nächsten Tag wieder.« Er lehnte sich zurück und sah nachdenklich zu Lara. »Sie aber hätten eine Chance gehabt, die Figur nachts zu stehlen – wenn Sie nur gewusst hätten, wo sie sich befindet ... Das musste Ihnen einer mitteilen. Und so entstand der Plan, dass der Koch Ihnen dieses mitteilen sollte, nicht?«

Herr Lara nickte schweigend.

»Beim Festmahl wollten Sie noch einen zweiten Pudding haben«, fuhr Bernstein fort. »An sich nichts Ungewöhnliches.« Er hob den Zeigefinger leicht an. »Aber wer aufmerksam war, konnte einige Sonderbarkeiten feststellen. Mir fiel auf, dass die Puddings alle mit unterschiedlichen Streuselmustern versehen waren. Welcher Koch macht sich so viel Mühe?«

Er blickte Lara eindringlich an. Der nickte fast unmerklich mit dem Kopf. Ahnte er, dass Bernstein das Geheimnis durchschaut hatte?

»Die Streusel auf Ihren Puddings hatten eine Bedeutung. Beim ersten Pudding war es ein Strich auf der linken Oberfläche. Und Sie beide sind doch früher mal zur See gefahren. So konnte ich mir später zusammenreimen, dass dieser Strich ein Semaphorzeichen darstellen sollten. Er steht für die ›Zwei‹, also zweiter Stock, nicht?«

Immer noch nickte der Kunsthändler schweigend.

»Und dann kam der zweite Pudding«, fuhr Bernstein fort. »Der hatte einen Strich nach rechts unten; das Zeichen für die ›Sieben‹. Damit war die Botschaft des Kochs klar: Die Figur befand sich im Raum sieben des zweiten Stocks.«

»Ja, genauso war es«, gestand Lara mühsam. »Es war meine Idee, es so zu machen. Und der Schlüssel ...«

»... befand sich im zweiten Pudding, nicht wahr?«, fiel ihm Bernstein ins Wort.

»Ja, genau. Haben Sie etwa mitbekommen, wie ich ihn heimlich herausnahm?« Er seufzte. »Ich habe mir alle Mühe gegeben, dass niemand es mitkriegen sollte.«

»Direkt gesehen habe ich es nicht«, meinte Bernstein. »Aber ich sah, wie Sie sich einmal mit der Serviette den Mund abwischten und die Serviette dann in der Tasche verschwinden ließen, anstatt sie wie üblich neben dem Gedeck wieder abzulegen. Sie enthielt den Schlüssel, nicht wahr?«

»Ja. Und ich war fest davon überzeugt, dass dies niemand bemerken würde. Der Koch sollte den Schlüssel, während wir hier ankamen, heimlich aus den Privaträumen holen.«

Juwlis nickte. »Davon sind auch wir ausgegangen. Ich selbst befand mich zufällig im Erdgeschoss, als Sie und Frau Biel auf der Hofeinfahrt begrüßt wurden. Ich sah, wie Neibohr in den Salon hastete und nach kurzer Zeit wieder in der Küche verschwand.«

»Wir hatten natürlich auch überlegt, ob wir nicht einen Zettel in einen der Puddings stecken sollten mit der entsprechenden Information«, erklärte Lara. »Allerdings wären das dann schon zwei Dinge gewesen, die ich aus den Puddings hätte fischen müssen. Das Risiko wäre also noch größer gewesen. Außerdem wollte ich die Puddings ja auch noch essen, und sie schmecken mir besser, je weniger Dinge darin stecken.«

»Eines würde mich noch interessieren«, ergriff nun Bernstein das Wort. »Wie wollten Sie nach der Tat den Schlüssel wieder an seinen Platz bringen? Die Privatgemächer sind doch nachts abgeschlossen.«

Ein Lächeln huschte über Laras Gesicht.

»Neibohr sollte ihn während unserer Verabschiedung

auf dem Hof schnell wieder zurückbringen. Die Narplans sind ja immer zu zweit draußen, um jemanden zu begrüßen oder zu verabschieden.«

»Und wie wollten Sie Neibohr den Schlüssel übergeben? Er wird mit der Vorbereitung des Frühstücks beschäftigt sein und dürfte kaum eine freie Minute haben ...«

Erneut ein Lächeln auf Laras Gesicht.

»Wir hätten es so ähnlich gemacht wie bei der ersten Schlüsselübergabe: Es gibt morgen zum Frühstück wieder einen Pudding als Nachspeise. Ich hätte so getan, als hätte ich meinen Pudding nicht ganz aufessen können, und einen kleinen Rest nachgelassen. In diesem Puddingrest hätte der Schlüssel gesteckt!«

Selbst die Detektive konnten sich trotz der an sich ernsten Situation jetzt kaum noch ein Lächeln verkneifen.

»Wie kam es denn eigentlich überhaupt zu der Idee?«, wollte Bernstein schließlich wissen.

»Ach, Neibohr und ich, wir kennen uns schon lange. Und ich war seit jeher vernarrt in diese Figur. Als ich dann erfuhr, dass Narplan das Kunstwerk erworben hatte, kam ich auf die Idee, sie mit Hilfe des Kochs an mich zu bringen. Und es passte alles zusammen: Ich bekam eine Einladung zu dieser Feier, und ich konnte Neibohr für meinen Plan gewinnen. Dazu kam noch, dass Herr Narplan nur ganz selten seine Schatzräume aufsucht. Der Sicherheitsschlüssel wird immer in einem separaten Kasten aufbewahrt; man konnte es wohl riskieren, ihn für kurze Zeit zu entwenden, ohne dass die Gutsbesitzer das Fehlen bemerkt hätten.«

Er wurde etwas nachdenklich. »Gut, es hätte natürlich passieren können, dass Narplan noch einmal nach seiner neuen Figur schauen wollte; sie war ja nun gerade erst eingetroffen und ziemlich einzigartig. In diesem Fall hätten der Koch und ich nichts zugegeben; es hätte dann eben der Heilige Geist den Schlüssel entwendet ...«

Er wandte sich wieder an die Detektive.

»Wie geht es denn nun weiter? Sie werden Herrn Narplan nun wohl über alles berichten.«

Bernstein nickte. »Es bleibt uns doch nichts anderes übrig. Immerhin wollten Sie eine sehr wertvolle Figur entwenden ...«

Es schien, als wolle sich Lara an einen letzten Strohhalm klammern. Mit nachdrücklicher Stimme sprach er nun auf die Detektive ein.

»Bedenken Sie eines: Es steht um Herrn Narplans Gesundheit nicht zum Besten. Er könnte sich sehr aufregen, wenn er von dem Vorfall erfahren würde. Und dann ist da noch Neibohr. Er hat große Geldsorgen; nur deshalb ist er überhaupt auf den Plan eingegangen. Er hätte sonst nie etwas gegen seine Herrschaft unternommen. Ich mache Ihnen einen Vorschlag.«

Er sah die Detektive eindringlich an.

»Ich werde den Schlüssel an Neibohr zurückgeben mit der Aufforderung, ihn wieder an seinen Platz zu verbringen und von unserem Plan Abstand zu nehmen. Ihnen beiden verspreche ich, nie wieder ein solches Vorhaben ins Auge zu fassen. Im Gegenzug versprechen Sie mir, Stillschweigen über diese Angelegenheit zu bewahren.«

Die Detektive schwiegen. Das war schon einiges, was er ihnen da abverlangte. Ratlos wandte sich Bernstein schließlich an seinen Kompagnon.

»Können wir *das alles* auf sich beruhen lassen?«

Juwlis nickte, den Blick auf den Boden gerichtet.

»Vielleicht ist es die beste Möglichkeit. Es steht gesundheitlich wirklich nicht gut um Narplan. Dies alles könnte einen Schock bei ihm bewirken.«

Wieder herrschte ein kurzes Schweigen. Dann wandte sich Bernstein an Lara.

»Also gut. Sie werden den Schlüssel mit Hilfe des morgendlichen Puddings an Neibohr überbringen. Und es wird noch etwas in dem Pudding sein: ein Zettel, auf dem steht, dass Sie Abstand von Ihrem Plan genommen haben und von Neibohr das Gleiche erwarten. Dieser Zettel wird von Ihnen sowie von mir und meinem Kollegen unterschrieben sein. Wie Sie es schaffen, Schlüssel und Zettel im Pudding verschwinden zu lassen, ohne dass dies jemand bemerkt, ist Ihnen überlassen.«

Genauso traf es auch ein. Am Morgen fand der Koch, als er den nicht ganz verspeisten Pudding Laras in der Küche untersuchte, den erwarteten Schlüssel – und einen nicht erwarteten Zettel. Es war schade, dass die Detektive nicht das Gesicht sehen konnten, das er in diesem Moment machte …

Jedenfalls wurde der Schlüssel wieder ordnungsgemäß an seinen Aufbewahrungsplatz verbracht. Herr Neibohr blieb weiterhin in Diensten der Narplans. Die Vorgabe jenes Zettels hielt er ein. Er versuchte auch sonst nie mehr, etwas Ungesetzliches auf ihrem Anwesen zu begehen. Die Narplans ihrerseits erfuhren zu keinem Zeitpunkt etwas von dem Plan, den ihr Koch und einer ihrer besten Freunde gegen sie ausgeheckt hatten.

Für die Detektive jedenfalls blieb dieser Fall ein einzigartiger. Noch nie hatten sie es gehabt, dass sie einen versuchten Diebstahl aufgeklärt hatten, ohne dass das Opfer jemals erfuhr, dass es überhaupt beklaut werden sollte.

KERZEN IM SCHLOSS

Bernstein und Juwlis waren zu Gast auf Schloss Rubitzien. Die Schlossherrin Gräfin Carolin von Rubitzien und von Meylenstein feierte mit alten Bekannten und Freunden die 300-jährige Grundsteinlegung des Anwesens. Die zwei Detektive hatten ihr in der Vergangenheit bei vielen Fällen geholfen, und zudem war Bernstein seit Jahren eng mit ihr befreundet. Es war für die Gräfin einfach eine Selbstverständlichkeit, dass die Detektive bei solch einer Feier nicht fehlen durften.

Ja, sie hatten ihr tatsächlich schon häufig zur Seite stehen müssen, und das aus den unterschiedlichsten Gründen. In erster Linie, weil sie jemand war, der schon bei geringsten Anlässen Gefahren witterte, übersensibel war und stets überängstlich reagierte. Nicht immer waren ihre Probleme dergestalt, dass unbedingt ein Detektivduo hätte einspringen müssen, aber Bernstein konnte aus Zuneigung zu ihr niemals Nein zu einer Anfrage sagen. Einmal war ihr Hund auf mysteriöse Weise verschwunden, schließlich aber – ohne die Hilfe von Detektiven – wieder eingetroffen; er hatte sich wohl nur verlaufen. Ein anderes Mal waren es scheinbar verdächtige Geräusche in der Umgebung des Anwesens, deren Entstehung die Detektive aber schnell herausfanden. Und wieder ein anderes Mal hatte sie geglaubt, dass sich in den Nächten jemand im Schlossgarten aufhielt. Wie sich herausstellte, war es jedes Mal nur das Dienstmädchen gewesen, das eine Zeitlang bis spät in die Nacht bei einem Freund gewesen war und dann versucht hatte, möglichst unbemerkt wieder ins Schloss zu gelangen. Und jedes Mal hatten ihr die Detektive geholfen, weil sie spürten, dass die Gräfin ihre Unterstützung *brauchte*.

Aber es hatte auch sehr viel ernstere Fälle gegeben, bei denen es häufig um betrügerische Machenschaften von Personen oder Firmen ging.

Das Schloss der Gräfin war riesig. Es bestand aus einem Hauptgebäude und zwei Seitenflügeln, die nach Norden hin hufeisenförmig in den hinteren Teil des Grundstücks gebaut waren und so einen Schlosshof umrahmten. Ein rückwärtiges Gebäude gab es nicht; wenn man den Schlosshof nach Norden verließ, endete man an einer tiefen Schlucht, die von einem reißenden Fluss durchzogen war. Nur eine niedrige, etwa einen Meter hohe Mauer trennte einen von dem Abgrund.

Die Gräfin lebte hier mit ihrem Ehemann Adrian von Meylenstein zusammen. Es gab noch zwei Bedienstete, die Köchin Christina und das Dienstmädchen Jenny. Der Ehemann war ein Kavalier der alten Schule, der ihr jeden Wunsch von den Lippen ablas und es vor lauter Liebe zu ihr unterließ, auch nur irgendein kritisches Wort über die Lippen zu bringen, selbst dann nicht, wenn es vielleicht angebracht gewesen wäre. Vielleicht wäre ihre Ehe anders auch nicht möglich gewesen. Zartbesaitet, wie sie war, versuchte ihre Umwelt nach Möglichkeit, allen Stress, alle schwerwiegenden Probleme des Lebens von ihr fernzuhalten.

Betrat man das Hauptgebäude des Schlosses, so kam man zunächst in eine riesige Empfangshalle. Gleich dahinter befand sich ein ebenfalls riesiger Raum, der für festliche Anlässe gedacht war und daher auch meist nur »Festsaal« genannt wurde. Nicht nur der Raum war riesig, auch die darin befindlichen Möbel waren überdurchschnittlich groß. An seiner hinteren Wand befand sich ein überdimensionales Sideboard, auf dem ein großer, vierarmiger Kerzenleuchter aus Antik-Eisen stand. Rechts neben dem Sideboard stand ein etwa fünf Meter breiter Wandschrank, in dem sich vorwiegend

Dinge befanden, die die Gräfin bei festlichen Anlässen gerne präsentierte, wie beispielsweise alter Familienschmuck.

Am Abend war hier eine kleine musikalische Darbietung geplant. Am darauffolgenden Morgen sollte hier ein Festmenü stattfinden und später am Abend dann eine Zaubervorstellung. Sämtliche Stühle des Schlosses waren bereits aufgestellt in Richtung eines Podiums, wo später eine Musikkapelle auftreten sollte. Im linken Bereich des Festsaals gab es zwei Türen: Durch die hintere konnte man in einen Aufenthaltsraum gelangen, in dem man Spiele spielen, Musik hören oder einfach nur plaudern konnte. Durch die vordere Tür gelangte man in eine Säulenhalle, von der aus man direkt in den linken Seitenflügel des Schlosses, den Westflügel, weitergehen konnte. Diese Tür – genau genommen war es eine vier Meter breite Doppeltür – stand, solange Gäste im Haus waren, immer offen. Im Westflügel waren die zahlreichen Gäste untergebracht. Vom rechten Teil des Festsaals führte eine ebenfalls vier Meter breite Doppeltür in den Rauchsalon, von dem aus eine Tür weiter in den Ostflügel führte, wo die Adelsfamilie ihre Privatgemächer hatte.

Jetzt am Abend waren die Gäste allerdings fast komplett im Aufenthaltsraum versammelt. Man hatte sich zuvor in den Zimmern einquartiert, seine Sachen ausgepackt und dergleichen. Nun hielt man sich also hier in diesem relativ kleinen Raum auf, um sich von den Reisestrapazen zu erholen, Konversation zu betreiben oder einfach nur zu spielen.

Gegen 22 Uhr war es dann endlich so weit. Die Kapelle rückte im Festsaal ein und baute die Instrumente auf dem Podium auf. Die Gäste nahmen nach und nach ihre Plätze ein und warteten gespannt und erwartungsfroh auf die Darbietung. Bernstein saß zwischen seinem Partner Juwlis und dem Kaufmann Wolff Kollau, der die Adelsfamilie seit vielen Jahren in geschäftlichen Angelegenheiten beriet.

Nach etwa einer Stunde war die Aufführung beendet. Ein langanhaltender Applaus folgte, und die Gräfin begab sich lächelnd auf das Podium, um der Gruppe im Namen aller Zuhörer ihren Dank auszusprechen.

Die meisten der Gäste begaben sich nun auf ihre Zimmer. Nur einige zog es noch in den Aufenthaltsraum, um den Abend mit Kartenspiel oder Geplauder ausklingen zu lassen.

Die zwei Detektive hatten ihre Gästesuiten aufgesucht. Sie hatten jeder ein Zimmer für sich bekommen. Bernstein hatte gleich das zweite Zimmer zur Rechten im Westflügel bekommen, während Juwlis ausgerechnet das allerletzte bekommen hatte. Wenigstens befand sich das riesige Gästebad gleich neben seinem Zimmer, was für den langen Fußweg zum Festsaal entschädigte. Das erste Zimmer hatte der Amerikaner mit deutschen Vorfahren Henry Pryce Tannenwurzel bekommen. Das Zimmer nach dem von Bernstein belegte die Großfamilie Grannogh, die aus dem Ehepaar Harold und Hannah Grannogh sowie den Kindern Wendy, Anabelle, Nepomuk, Desmond und Anya bestand. Dahinter kam das Ehepaar Will und Dehlia Sonnborn mit ihren Kindern Roy und Wesley. Sie waren mit den Grannoghs befreundet und kamen wie diese auch aus den Staaten. Nach den Sonnborns kam das Zimmer der Leonhardts, ebenfalls eine amerikanische Großfamilie, bestehend aus dem Ehepaar Gabrielle und Marco sowie den Kindern Lucy, Amy, Catherine und Leroy. Sie hatten nicht nur deutsche Vorfahren, sondern es gab auch verwandtschaftliche Beziehungen zum Stamm der Adelsfamilie Rubitzien. Das nächste Zimmer belegte das Ehepaar Marie und Friedrich von Heydebrand mit ihrer erwachsenen Tochter Margrit. Von allen Gästen waren sie wohl am engsten mit der Gräfin befreundet. Danach kam das kanadische Ehepaar Kyvelie und Rupert Fox, auch sie seit Jahren mit der Gastgeberin befreundet. Die nächste Suite belegte ein Herr namens Piet Vietmans, ein belgischer Musiker, der hier im Schloss auch schon einmal aufgetreten war. Er reiste wie Tannenwurzel und Wolff Kollau allein. Nach der Suite von Vietmans kamen die Zimmer von Kollau und schließlich das von Juwlis. Die Räume für die Gäste befanden sich allesamt auf der Seite des Westflügels, die zum Hof hin zeigte, der nun, von dunklen Mauern umgeben, gespenstisch dalag.

Lediglich nach Norden hin war der Blick noch frei in die Nacht, die vom Mond leicht erhellt wurde. Wenn man die Augen anstrengte, konnte man die Umrisse der kleinen Mauer erkennen, die ein Herunterstürzen in die Schlucht verhindern sollte.

Bernstein war diesmal – im Gegensatz zu seinem sonstigen Wesen – recht müde, weil er in der Nacht zuvor kaum geschlafen hatte, und er war sofort zu Bett gegangen, während Juwlis noch wach war und ein Buch las. Später ging er ein wenig im Zimmer umher und blieb schließlich in melancholischer Stimmung vor dem Fenster stehen. Gedankenverloren ließ er den Blick über den Hof schweifen, die linke Hand auf dem Fensterbrett, den rechten Arm über eine riesige Vase gelehnt. Ungefähr eine Viertelstunde stand er so da, dachte dabei an alles Mögliche und freute sich auf den morgigen Tag.

Er wollte sich gerade zum Schlafengehen bereit machen, als er plötzlich eine Gestalt wahrnahm. Sie kam vom Hauptgebäude her und schlenderte über den riesigen Hof nach Norden hin. Wahrscheinlich kam sie aus dem Aufenthaltsraum, es gab dort eine rückwärtige Tür, die auf den Hof hinausführte.

»Wer geht denn jetzt noch hier herum?«, durchzuckte es den Detektiv. Die Gestalt stand jetzt vor der niedrigen

Mauer, hinter der die Schlucht lag. Gebannt starrte Juwlis auf die Person, die nun regungslos zu verharren schien. Es sah so aus, als bewege sie den rechten Arm, aber Juwlis war sich nicht ganz sicher. Und wieder glaubte Juwlis, eine Bewegung gesehen zu haben; es sah aus, als habe die Person etwas in die Schlucht geworfen. Es war alles sehr schnell gegangen, aber der Detektiv war sich nahezu sicher, dass irgendein Gegenstand über jene Mauer geworfen worden war.

Verwundert starrte Juwlis auf die Person. Jetzt drehte sie sich wieder um und schlenderte über den Hof zurück Richtung Hauptgebäude. Juwlis strengte seine Augen an. Wer war diese Person ...? Es war nicht leicht, in der Finsternis etwas zu erkennen, aber er glaubte jetzt, sie erkannt zu haben ... Ja, es war Wolff Kollau, der da einsam auf dem Hof mitten in der Nacht umherwanderte. Was um alles in der Welt hatte er jetzt da draußen zu suchen? Und was mochte er in die Schlucht geworfen haben?

Nun war bei Juwlis der Detektivinstinkt erwacht. Dieser Mann wollte offensichtlich, sofern er kein überzeugter Nachtschwärmer war, nicht beobachtet werden, sonst hätte er sich für den Gang wohl eine andere Tageszeit ausgesucht. Und dass er hier – dazu noch als Gast in einem fremden Haus – heimlich etwas in einen Abgrund warf, war schon seltsam.

Er sah, wie der Mann in der Hintertür des Aufenthaltsraums verschwand. Juwlis ging zur Zimmertür und trat in den Gang hinaus. Er wollte herausfinden, was der Geschäftsmann vorhatte. »Bernstein hätte wohl nicht anders gehandelt«, dachte Juwlis bei sich, während er den Gang Richtung Säulenhalle abging. Es befanden sich mehrere Leuchter an den Wänden, so dass man ausreichend sehen konnte. Kurz vor der Halle trat Herr Kollau, von links kommend, in sein Blickfeld. Etwas überrascht blickte er auf den Detektiv. Auch Juwlis tat überrascht.

»Machen Sie auch noch einen Spaziergang?«, fragte er ihn freundlich. »Ich konnte einfach noch nicht schlafen und wollte mir die Statuen ansehen.«

»Ja, ich bin auch noch nicht richtig müde«, meinte Kollau lächelnd. »Ich war noch etwas frische Luft schnappen auf dem Hof.«

»Wenigstens damit ist er ehrlich«, dachte Juwlis bei sich. Aber er würde ihm wohl kaum verraten, was er da weggeworfen hatte. Selbst Juwlis, der keine so gute Menschenkenntnis besaß wie sein langjähriger Kollege Bernstein, spürte, dass dieser Mann nicht nur zum Spaß hier draußen war. Er hatte irgendetwas vor und wollte wahrscheinlich am liebsten allein sein.

Sie verabschiedeten sich und gingen ihrer Wege: Herr Kollau marschierte direkt zu seinem Zimmer, während Juwlis noch zur Säulenhalle ging und die dort ausgestellten Statuen bewunderte. Er setzte sich in einen schönen, alten Stuhl, der in einer Ecke stand. Von hier hatte man eine phantastische Sicht: Man konnte sowohl den Festsaal überblicken als auch den Gang des Westflügels. Im Festsaal hatte Jenny, das Dienstmädchen, noch eine Stehlampe in einer Nische brennen lassen, so dass der gesamte Raum nun in ein gespenstisches Dämmerlicht gehüllt war.

Es hätte nicht viel gefehlt und Juwlis wäre auf dem Stuhl eingeschlafen, so müde war er. Schließlich rappelte er sich aber doch auf und ging zurück zu seiner Suite.

Am anderen Morgen sollte das Festmahl stattfinden. Jenny und Christina waren schon fleißig dabei, den großen Festtisch herzurichten. Es war gegen acht Uhr, und das Mahl sollte gegen zehn Uhr beginnen. Bernstein war früh wach geworden und schon längst auf den Beinen, als er im Rauchsalon der Gräfin und ihrem Gatten begegnete. Sie war glücklich, dass so viele Gäste ihrer Einladung gefolgt waren, und ihr Mann freute sich für sie.

»Ach, schön, dich hier zu sehen, Arthur«, begrüßte sie den Detektiv herzlich. Auch diesmal war es vor allem sie, die sprach, während sich ihr Gatte in vornehmer Zurückhaltung übte.

»Ach, ich habe dir ja noch gar nicht mein neues Collier gezeigt«, meinte die Gräfin. »Das musst du unbedingt sehen.«

Bernstein nickte und sie gingen in den Festsaal, der im Moment noch vollkommen leer war. Sie gingen auf die Schrankwand zu. Lächelnd zog die Gräfin eine Schublade aus dem rechten Teil des Schranks heraus. Oh ja, da lagen einige wertvolle Stücke. Ringe, Armbänder, Ketten und Colliers – das Ganze dürfte ein Vermögen wert sein, was da unverschlossen in der Schublade lagerte. Gräfin Carolin holte gerade ein Collier hervor und wollte es Bernstein vorführen, als plötzlich ihr Ehemann einen leisen Ausruf von sich gab.

»Oh! Unser Familienring ist weg!«

Bernstein wusste sofort, von welchem Ring der Mann sprach. Es handelte sich um einen sehr schön verarbeiteten Diamantring, der zusätzlich mit kleinen Smaragden verziert war. Im Inneren war das Geburtsdatum des Schlossgründers eingraviert. Die Gräfin hatte ihm häufig von diesem einzigartigen Familienbesitz erzählt und ihm den Ring auch schon gezeigt.

Carolin war zunächst sprachlos. Dieser Ring hatte seit jeher große Bedeutung für ihre Familie, er war von Generation zu Generation weitergegeben worden. Sie suchte, immer verzweifelter werdend, in der Schublade herum. Es fand sich nichts – der Ring war weg.

»Nein – er ist weg!«, flüsterte sie. Sie wandte sich an Bernstein. »Es muss ihn jemand gestohlen haben. Arthur, kannst du mir helfen?«

Bernstein musste nicht lange überlegen. Wenn seine

langjährige Bekannte ihn voller Verzweiflung um so etwas bat, konnte er die Bitte nicht ausschlagen.

»Ich werde umgehend Juwlis informieren. Gemeinsam werden wir dann versuchen, den Fall zu klären. Erzähl bitte vorerst noch nichts von dem Ring. Ich möchte mir erst noch die Gäste genauer ansehen. Erst wenn das Festmahl zu Ende ist, solltest du sie über den Diebstahl informieren. So können wir sie dann befragen, vielleicht hat einer von ihnen etwas gesehen. Eine Frage habe ich noch: Hast du eine Ahnung oder einen Verdacht, wer dahinterstecken könnte?«

Die Gräfin schüttelte nur verzweifelt der. Kopf.

»Überhaupt nicht! Ich habe nicht mal eine Vorstellung, wer so was getan haben könnte! Das sind alles liebe Gäste ... bestimmt nicht alles Freunde, aber ich wüsste nicht, wer so etwas getan haben könnte.«

»Haben Sie eine Idee?«, wandte sich der Detektiv an ihren Gatten.

»Ich kann mir auch keinen als Täter vorstellen«, sagte Adrian von Meylenstein.

Bernstein überlegte kurz. Dann wandte er sich wieder an die Gräfin.

»Kannst du hundertprozentig ausschließen, dass der Ring woanders als in der Schublade gelegen hat?«

»Ja, ganz bestimmt«, bestätigte die Gräfin. »Ich habe ihn gestern noch hier reingelegt, und ein anderer geht hier nicht bei.«

Bernstein ging auf direktem Weg zum Zimmer seines Kompagnons. Juwlis hatte, nach den Erlebnissen der letzten Nacht, lange ausgeschlafen und machte sich nun gerade fertig, um das Festmahl nicht zu verpassen. Bernstein klopfte an die Tür. Juwlis öffnete, während er noch an seinem Krawattenknoten nestelte. Er bot ihm einen Sessel an.

»Stellen Sie sich vor«, begann Bernstein ohne Umschweife zu berichten, »man hat den Familienring der Rubitziens gestohlen. Die Gräfin hat es soeben bemerkt. Sie hat uns gebeten, den Ring für sie wiederaufzufinden.«

Wie vom Donner gerührt starrte Juwlis seinen Kompagnon an. Er hatte sich bereits Gedanken gemacht, ob er seinem Partner von dem seltsamen Gang über den Hof berichten sollte. Mit der neuen Situation konfrontiert, erübrigten sich solche Überlegungen. Er berichtete Bernstein nun umfassend von jenem nächtlichen Geschehen. Bernstein ließ sich kein Wort entgehen. Nachdem Juwlis fertig war, herrschte für einen kurzen Moment Schweigen.

»Sie sind sich sicher, dass der Mann irgendetwas in den Abgrund geworfen hat?«, fragte Bernstein schließlich.

»Nicht hundertprozentig, es war ja finster. Aber schon ziemlich sicher ... Es war die typische Handbewegung, die jemand macht, der etwas wegwirft. Und für einen winzigen Augenblick habe ich den Gegenstand auch gesehen, aber ich kann unmöglich sagen, was es war.«

»Können Sie sagen, wie groß er etwa war?«

Juwlis überlegte. »Ungefähr die Größe eines Ziegelsteins. Aber genau lässt sich das nicht sagen. Er kann auch etwas größer oder etwas kleiner gewesen sein.«

Bernstein stützte seinen Kopf auf seiner Hand ab.

»Also, eines steht fest«, meinte er nach längerem Grübeln, »dass Herr Kollau nachts, vom Hauptgebäude kommend, über den Hof lief und wieder im Aufenthaltsraum verschwand und am anderen Morgen ein Ring fehlt, kann kaum ein Zufall sein.«

»Vom Gefühl her stimme ich Ihnen zu«, meinte Juwlis. »Aber die Nacht war lang. Es kann im Prinzip jeder der Gäste gewesen sein. Was ist das eigentlich genau für ein Ring?«

»Er ist über hundert Jahre alt und von Generation zu Generation weitergegeben worden. Für die Familie Rubitzien hatte er schon immer große Bedeutung und daher natürlich auch ideellen Wert. Aber auch der rein materielle Wert ist sehr hoch. Auf jeden Fall ist so ein Ring ein lohnendes Diebstahlsobjekt, da er leicht zu verstecken ist. Er besteht aus einem Diamanten, der von kleinen Smaragden umrahmt ist.«

»Ein echtes Kleinod«, murmelte Juwlis andächtig. Dann rückte er sich in seinem Sessel zurecht. »Wie gehen wir vor?«

»Jetzt ist ja gleich das Festmahl«, meinte Bernstein. »Bisher haben wir nur Herrn Kollau, der sich verdächtig gemacht hat. Wir werden sein Verhalten ab jetzt genau beobachten. Aber Sie sagten ja schon: Die Nacht war lang, es kann auch jemand anderer zu einer völlig anderen Zeit den Ring genommen haben.«

Pünktlich um zehn Uhr begann das Festmahl. Es sah wirklich imposant aus. Die erlesensten Speisen, dazwischen allerlei Tischdekor, und die Gräfin hatte persönlich den mächtigen Kerzenleuchter vom Sideboard genommen und mitten auf dem Tisch platziert. Jenny war gerade dabei, die Kerzen anzuzünden, während die Festgesellschaft langsam eintrudelte.

Gräfin Carolin hielt sich eisern an ihr Versprechen, vorläufig noch nichts von dem Diebstahl zu erwähnen. Bernstein hatte ihr noch kurz vor dem Mahl von ihrem Verdacht gegen den Kaufmann Kollau erzählen können.

Die Detektive waren Herrn Kollau in der Säulenhalle begegnet. Sie richteten es so ein, dass sie gemeinsam mit ihm den Festsaal betraten, wobei sie ihn unauffällig beobachteten.

Und sie machten eine erstaunliche Entdeckung. In der Säulenhalle schien er noch guter Dinge gewesen zu sein, doch als er nun den Saal betrat und den festlich gedeckten Tisch sah, wich mit einem Mal sämtliche Farbe aus seinem

Gesicht. Er wirkte wie jemand, der plötzlich alle seine Felle davonschwimmen sah. Was um alles in der Welt mochte dies hervorgerufen haben? Was bewirkte dieser schön gedeckte Tisch, über den sich andere gefreut hätten, an negativen Gedanken in ihm? Herr Kollau redete nicht, er starrte nur stumm vor sich hin.

Die Gesellschaft versammelte sich unterdessen um den Tisch und jeder nahm Platz, wo er gerne wollte. Die Detektive saßen neben der Gräfin und deren Gemahl, ihnen schräg gegenüber saß der Kaufmann. Er schaute auf die Uhr. Während des gesamten Festmahls spürten die Detektive eine Unruhe, wenn nicht gar Verzweiflung, an dem Mann. Er wollte dieses Ereignis anscheinend nur noch hinter sich bringen und hatte keine Freude an den Speisen.

Als die Tafel dann endlich zu Ende war und sich die Gäste langsam erhoben, schaute er erneut auf die Uhr. Bernstein beugte sich zur Gräfin und bat sie leise, nun ihren Gästen von dem Diebstahl zu berichten. Sie nickte und erhob sich. Es war schwer für sie, das Wort an Freunde und Bekannte zu richten.

»Meine lieben Gäste«, sprach sie mit ihrer sanften, ruhigen Stimme, »ich muss euch von etwas Traurigem berichten. Bleibt bitte kurz noch hier versammelt.«

Die Gäste verharrten an ihren Plätzen und blickten gespannt zur Gräfin.

»Jemand hat unseren Familienring gestohlen. Es ist vermutlich in der Nacht zu heute geschehen. Ich habe die Detektive Bernstein und Juwlis gebeten, sich mit dem Fall zu befassen. Euch möchte ich bitten, ganz normal hier weiter zu feiern und euch nicht die gute Laune nehmen zu lassen. Ihr wisst ja, heut Abend steht noch eine festliche Aktivität auf dem Programm. Bleibt also bitte weiterhin fröhlich. Die Detektive werden nebenbei weiter forschen, vielleicht könnt ihr sie ja bei ihrer Arbeit unterstützen. Und jetzt gebe ich das Wort an dich, Arthur.«

Bernstein erhob sich und sprach langsam und eindringlich zu den Gästen.

»Ich möchte Sie bitten, uns bei unseren Nachforschungen zu helfen. Wir werden nachher noch mit Ihnen sprechen, vielleicht hat ja der eine oder andere etwas beobachtet. Ansonsten möchte ich Sie bitten, bis zum Zeitpunkt der Abreise morgen im Schloss zu bleiben. Bitte verstehen Sie: Wenn jemand heute das Schloss verließe, würde er sich verdächtig machen, und das würde unsere Arbeit erschweren.«

»Sie meinen, er könnte den Ring bei sich haben?«, fragte Tannenwurzel. »Könnte man das Gepäck nicht einfach durchsuchen?«

»Wir werden zunächst versuchen, die Tat so aufzuklären«, vermied Bernstein eine eindeutige Antwort auf die heikle Frage.

Die Gräfin meldete sich noch einmal zu Wort.

»Habt bitte Vertrauen zu den Detektiven hier an meiner Seite. Sie werden den Fall bestimmt klären, ohne dass alles abgesucht werden muss.«

»Dürfen wir denn auf dem Hof spazieren gehen?«, wollte Dehlia Sonnborn aufgeregt wissen. »Ich frage nur wegen der Kinder, sie brauchen ja auch frische Luft ...«

»Ja, ja, gewiss«, sagte Bernstein. »Sie können sich auch im Schlossgarten aufhalten. Nur bitte bleiben Sie auf dem Anwesen.«

»Also von mir aus ist das kein Problem«, meinte Herr Grannogh. »Das Areal ist ja riesig, und wir hatten ohnehin nicht vor, während unserer Zeit hier woanders hinzugehen.«

Auch von anderen gab es zustimmende Bekundungen. Man einigte sich schnell darauf, dass alle das Schloss vor dem morgigen Tag nicht verlassen würden.

Nach dem Mahl begaben sich die meisten der Gäste auf

ihre Zimmer. Einige gingen auf die Gräfin zu und sprachen ihr ihr Bedauern über den Verlust des Ringes aus.

Die Detektive gingen arbeitsteilig vor. Juwlis sollte die Gäste im Westflügel befragen, während Bernstein sich mit der Gräfin und ihrem Gatten in Richtung Ostflügel begab. Er wollte noch Genaueres von ihr wissen.

Es war Eile geboten. Sie hatten genau einen Tag Zeit, den Fall aufzuklären.

Vom Rauchsalon aus konnte man, wenn man zwei schwere, hintereinander angebrachte Türen durchschritt, in einen kleineren Raum gelangen, dessen Wände besonders dick waren. Dieses Zimmer des Schlosses wurde seit jeher für Besprechungen genutzt, die geheim bleiben sollten. Daher wurde der Raum einfach nur »die Geheimkammer« genannt. Eben hier fand jetzt die kurze Besprechung statt, die Bernstein mit der Gräfin und ihrem Gatten führen wollte. Sie saßen um einen großen Eichentisch herum auf Holzstühlen mit hoher Rückenlehne.

Bernstein hatte ihren Gastgebern gerade vom Verdacht gegen den Kaufmann Kollau und dessen nächtlichem Hofgang berichtet. Das gräfliche Paar reagierte ebenfalls erstaunt.

»Ein nächtlicher Hofgang? Und er soll etwas in die Schlucht geworfen haben?«, fragte die Gräfin verwundert. »Du glaubst doch nicht, er könnte den Ring hineingeworfen haben?«

»Nein«, versicherte Bernstein, »das, was er geworfen hat, war sehr viel größer. Wir wissen nur nicht, was es war. Was haltet ihr von Herrn Kollau? Würdet ihr ihm eine solche Tat zutrauen?«

»Mein Mann kennt ihn besser«, erklärte die Gräfin lächelnd. »Du hast geschäftlich viel mit ihm zu tun gehabt, nicht wahr?«

Der Angesprochene wiegte den Kopf hin und her.

»Ich kenne ihn schon lange, habe aber eigentlich erst in den vergangenen Jahren vermehrt mit ihm zu tun gehabt«, erklärte er ernst. »Er kennt sich in wirtschaftlichen Fragen gut aus und konnte mir nützliche Tipps geben.«

»Er ist also kein richtiger Freund der Familie«, erklärte die Gräfin, »aber wir waren der Meinung, dass wir auch ihn einladen mussten, denn er hat meinem Mann bei Finanzprojekten, die das Schloss betrafen, viel geholfen.«

»Wer weiß eigentlich, dass du so viele wertvolle Gegenstände in dem Wandschrank im Festsaal aufbewahrst?«, wandte sich Bernstein wieder an die Gräfin.

»Das weiß jeder der Gäste, auch Herr Kollau. Ich habe all den Schmuck und die anderen Kostbarkeiten immer gerne gezeigt, und wenn man die Leute kennt, hat man ja auch Vertrauen.«

»Was ist mit dem Personal?«, wollte Bernstein wissen. »Kennen sie den Schmuck?«

»Ja, Jenny putzt ja auch den Schmuck dort. Aber weder Jenny noch Christina würde ich so eine Tat zutrauen.« Sie sah Bernstein eindringlich an. »Weißt du, Arthur, der Schmuck im Wandschrank ist noch nicht mal der wertvollste, den wir besitzen. Wir haben in unseren Privatgemächern noch einen Safe, in dem sich weit wertvollere Gegenstände befinden. Die Dinge im Wandschrank haben eher repräsentative Bedeutung, man zeigt sie gerne mal bei allen möglichen Anlässen vor.«

Nach dem Gespräch mit den Adelsleuten verließ Bernstein die Geheimkammer wieder. Er ging durch den Rauchsalon und schritt in den Gang des Ostflügels. Er schaute Richtung Norden. Auf der linken Seite, zur Hofseite hin, befanden sich kleinere Räume, die zumeist hauswirtschaftliche Funktion hatten. Auch Jenny und Christina hatten hier ihre Unterkünfte. Plötzlich kam Bernstein eine Idee. Hatten sie vielleicht gestern Nacht noch etwas gesehen? Sie konnten ja nicht nur den Hof überblicken, sondern hatten gleichzeitig auch noch die Fenster der Gästezimmer vor Augen. Vielleicht hatten sie irgendetwas Ungewöhnliches beobachtet.

Christina hatte gleich das erste Zimmer auf der Hofseite des Ganges. Sie war gestern Abend allerdings gleich nach dem Konzert zu Bett gegangen und hatte daher nichts beobachtet.

Nach Christinas Zimmer folgten die Küche, die Speisekammer und dann kam auch schon Jennys Zimmer. Bei ihr hatte Bernstein mehr Glück. Sie hatte nachts lange nicht richtig schlafen können und die meiste Zeit zum Fenster hinausgeschaut.

»Haben Sie so gegen Mitternacht auf dem Hof jemanden gesehen?«, wollte Bernstein wissen.

»Nein, da habe ich schon geschlafen. Und davor ist mir auch niemand aufgefallen.«

»Haben Sie zufällig in den Fenstern der Gäste etwas Ungewöhnliches bemerkt? Auch das Banalste kann vielleicht wichtig sein.«

»Hm ...« Jenny dachte nach. Sie war sehr nett und aufgeschlossen und gab sich sichtlich Mühe, dem Detektiv zu helfen. »In dem Zimmer von Herrn Kollau fiel mir etwas auf. Er machte sich eine Kerze an, zusätzlich zur Zimmerbeleuchtung. Weiter habe ich aber nichts gesehen, denn er machte danach die schweren Vorhänge zu.«

Bernstein wurde hellhörig.

»Wieviel Uhr war es da ungefähr?«

»So gegen halb zwölf.«

Bernstein nickte nachdenklich.

»Gut, vielen Dank erst mal. Sie haben uns vielleicht sehr viel weitergebracht.«

Er verabschiedete sich und verließ den Raum.

Ein Detektiv hat verschiedene Möglichkeiten, an Informationen zu gelangen. In den meisten Fällen geschieht dies, indem er sich direkt an eine Person wendet und gezielte Fragen stellt. Selten kommt es hingegen vor, dass er zufällig ein Gespräch mitbekommt, in dem etwas gesagt wird, was für ihn von Bedeutung sein kann. In solch einem Fall kann man schon von großem Glück sprechen.

Ein solches Glück hatte Paul Juwlis. Er hatte gerade – mit Tannenwurzel beginnend – sämtliche der Gäste befragt, ob einer von ihnen wohl zu nächtlicher Stunde etwas Merkwürdiges gehört oder gesehen hatte. Leider war niemandem etwas aufgefallen, da sich die meisten gleich nach dem Konzert zur Ruhe begeben hatten. Nun machte er sich von Herrn Kollaus Zimmer, den er zuletzt befragt hatte, auf den Weg zu Bernsteins, wo er sich mit seinem Partner beraten wollte. Dabei kam er am Zimmer von Dehlia Sonnborn vorbei, in dem sich auch ihre Freundin Hannah Grannogh aufhielt. Beide waren bekannt dafür, dass sie gerne über alles Mögliche klatschten und tratschten. Da ihre Zimmertür offenstand, wurde Juwlis Zeuge ihres Gesprächs.

»Bist du dir ganz sicher?«, fragte Dehlia ihre Freundin gerade. Juwlis blieb stehen und lauschte heimlich. Jetzt sprach Hannah Grannogh mit eindringlicher Stimme.

»Aber ja, ich saß doch genau vor dem Leuchter! Die eine brannte schneller als die anderen! Ich habe am Ende der Tafel noch mal genau hingeschaut, sie ist jetzt deutlich kleiner als die anderen! Am Beginn waren alle gleich groß, ich weiß das, denn ich habe mir den Leuchter genau angeschaut, und die Kerzen stehen ja alle auf gleicher Höhe.«

»Das darf doch eigentlich nicht sein, Kerzen von einem Leuchter sind doch in der Regel aus exakt dem gleichen Material«, meinte Dehlia kopfschüttelnd.

»Na ja, ist ja auch egal. Aber merkwürdig ist es schon.

Was stand heute eigentlich in deinem Horoskop?«, wechselte Frau Grannogh nun das Thema.

Nachdenklich verließ Juwlis seinen Horchposten und ging zu Bernsteins Zimmer. Er klopfte, aber sein Partner war noch im Ostflügel beschäftigt. Er lenkte seine Schritte durch die Säulenhalle in den Festsaal und ging auf den Kerzenleuchter zu, der jetzt wieder auf dem Sideboard stand. »*Die eine brannte schneller als die anderen*«, hatte Hannah Grannogh gesagt. Juwlis schaute sich die Kerzen an ... tatsächlich – die letzte Kerze war deutlich weiter heruntergebrannt als die anderen drei! Es war leicht zu sehen, da die Halterungen der Kerzen, wie Frau Grannogh schon erwähnt hatte, alle auf gleicher Höhe angebracht waren.

Während sich Juwlis noch wunderte, wie jemand fünf Kinder beaufsichtigen und nebenbei noch das unterschiedliche Herunterbrennen von Kerzen beobachten konnte, hörte er Schritte vom Ostflügel kommen. Er wandte den Kopf nach rechts und sah seinen Kompagnon langsam auf sich zukommen. Juwlis versuchte, aus Bernsteins Gesichtsausdruck herauszusehen, ob er wohl erfolgreich gewesen sein mochte, doch Bernstein hatte, wie so oft bei kniffligen Fällen, einen konzentriert-nachdenklichen Gesichtsausdruck. Als er Juwlis nun vor dem Kerzenleuchter entdeckte, kam allerdings eine neugierige, erwartungsvolle Miene hinzu.

»Ist es Zufall, dass Sie gerade hier vor den Kerzen stehen?«, fragte er seinen Kollegen lächelnd.

Juwlis verstand nicht ganz den Sinn der Frage.

»Wieso? Hatten Sie denn auch mit Kerzen zu tun?«, fragte er erstaunt.

»Das Dienstmädchen Jenny hat beobachtet, wie Kollau gegen halb zwölf eine Kerze auf seinem Tisch angezündet hat. Er muss die Kerze extra hierher aufs Schloss mitgebracht haben, in den Gästeräumen befinden sich keine Kerzen.«

Juwlis schaute noch erstaunter drein. Die Zimmerbeleuchtung in den Gästeräumen war mehr als ausreichend, da musste man nicht noch zusätzlich eine Kerze anzünden. Was Bernstein wohl zu der Sache mit dem Kerzenleuchter sagen würde ...

Juwlis deutete mit vielsagendem Blick auf den Leuchter.

»Schauen Sie sich den mal genau an. Fällt Ihnen etwas auf?«

Bernstein schaute neugierig hin. Dann stutzte er.

»Die äußerste rechte Kerze – sie ist weiter heruntergebrannt als die übrigen drei!«

»Genau. Ich hörte zufällig ein Gespräch zwischen Frau Sonnborn und Frau Grannogh. Frau Grannogh hat beobachtet, dass die rechte Kerze während des Festmahls schneller herunterbrannte als die anderen.«

Bernstein nickte. »Ja, ja, ich erinnere mich; die Kerzen waren alle auf einer Höhe, bevor das Mahl begann. Warum nur mag diese schneller gebrannt haben?«

»Vielleicht ist sie aus andersartigem Wachs hergestellt, eine andere Erklärung wüsste ich nicht«, meinte Juwlis.

Bernstein knetete sein Kinn.

»Mir fällt da noch was ein. Sie erinnern sich doch, dass Herr Kollau so einen fassungslosen Eindruck machte, als wir den Festsaal betraten und er die Tafel sah. Ich bin mir jetzt fast sicher, dass es mit dem Kerzenleuchter zusammenhing. Aber ich verstehe noch nicht, *was* genau es war, was ihn dabei umtrieb.«

Juwlis nickte nur.

Bernstein ging, nach dem Gespräch mit Juwlis, Pfeife rauchend im zweiten Stock des Westflügels auf und ab. Wenn er mit einem schwierigen Fall nicht weiterkam, hatte es sich schon oft als hilfreich erwiesen, einen einsamen Ort aufzusuchen, um wieder klare Gedanken zu bekommen. Und hier im zweiten Stock war es einsam: Die

Räume waren alle unbewohnt, das Alltagsgeschehen im Schloss spielte sich im Erdgeschoss ab. Hier oben lagerte das gräfliche Paar vor allem alte, aber liebgewonnene Erinnerungsstücke. Dinge, die man nicht mehr brauchte, von denen man sich aber auch nicht trennen wollte.

Bernstein setzte sich auf einen Stuhl in einer kleinen Sitzecke, die von lauter Regalen mit alten Kinderbüchern umgeben war. Auf einem kleinen Tisch befanden sich alte Märchen- und Sagenbücher. Er versuchte, alle Umstände dieses Falles vor sein geistiges Auge zu bekommen.

Da war die Sache mit den Kerzen. Genauer gesagt: die beiden Sachen. Da war der Kerzenleuchter, bei dem die eine Kerze etwas schneller herunterbrannte als die anderen. Da war Herr Kollau, der eine Kerze anzündete, obwohl sein Zimmer bereits hell erleuchtet war. Jede Sache war für sich genommen zwar merkwürdig, aber auch nicht spektakulär. Aber dass gleich zweimal etwas Merkwürdiges mit einer Kerze war, dazu noch zeitlich nicht weit auseinander liegend, musste einem Detektiv zu denken geben.

Plötzlich fiel Bernstein der Gegenstand ein, den Herr Kollau in die Schlucht geworfen hatte. »*Er hatte etwa die Größe eines Ziegelsteins*« – das waren Juwlis' Worte gewesen. Bernstein schloss die Augen, so wie er es immer tat, wenn er angestrengt nachdachte. Er dachte an die Kerzen im Kerzenleuchter. Oh ja, die waren ziemlich groß, sie hatten etwa Ziegelsteingröße ... Aber die Kerzen waren doch alle noch vollzählig! Es müsste dann doch eine fehlen ...

Er grübelte und grübelte. Wo war der Zusammenhang zwischen Herrn Kollaus Gebaren, der Sache mit den Kerzen und – dem Diebstahl des Ringes? Der Ring war doch wohl nicht in einer Kerze versteckt! Nein, das war nicht möglich, man konnte einen Ring nicht einfach in das Wachs drücken. Und selbst wenn – die Kerze würde davon wohl kaum schneller brennen ...

Bernstein starrte die Wand an. »Es könnte jemand die alte Kerze durch eine neue ersetzt haben ...«, murmelte er vor sich hin. Natürlich – der Leuchter wäre dann wieder vollzählig ... und eine Kerze aus anderem Wachs würde das schnellere Herabbrennen erklären!

Er grübelte weiter. Immer tiefer drang er in den Fall ein ... Fast geistesabwesend nahm er ein Max-und-Moritz-Buch in die Hand und blätterte darin herum. Es war farbig bebildert. Intuitiv spürte Bernstein, dass er jetzt Ablenkung brauchte, und da kam ihm dieses Buch gerade recht. Gedankenverloren schaute er sich die Zeichnungen an. Es waren wirklich schöne Abbildungen ... Ja, Wilhelm Busch hatte seine Geschichten immer selber illustriert ... Er blätterte weiter, von Kapitel zu Kapitel ...

Und mit einem Mal wusste Bernstein, was hier im Schloss geschehen war. Er kannte noch nicht alle Einzelheiten, aber er wusste jetzt, wie der Täter vorgegangen war. Diese Erkenntnis elektrisierte ihn so sehr, dass er sich mechanisch von seinem Stuhl erhob. Er lenkte seine Schritte zur Treppe und ging zurück ins Erdgeschoss. Er durchschritt den Westflügel, die Säulenhalle und betrat den Festsaal. Er ging direkt auf den Kerzenleuchter zu. Dann sah er sich unauffällig um. Nein, niemand war zu sehen, niemand beobachtete ihn.

Vorsichtig nahm er die rechts außen befindliche Kerze aus ihrer Halterung und betrachtete sie. Sie schien unversehrt zu sein. Dann drehte er sie um und betrachtete den Kerzenboden. Und er fand sofort, wonach er gesucht hatte. Diese Kerze war hier am Boden, wo normalerweise kein Auge drauffiel, »repariert« worden. Hier war ganz offensichtlich eine schadhafte Stelle gewesen, die mit zusätzlichem Wachs wieder einigermaßen unkenntlich gemacht worden war. Vermutlich hatte derjenige das Wachs auf die schadhafte Stelle gedrückt, über einer Flamme flüssig gemacht und so den Boden der Kerze einigermaßen glatt gemacht. Das würde das merkwürdige Anzünden der Kerze in Kollaus Zimmer erklären!

Angespannt drückte Bernstein die Kerze zurück in ihre Halterung und ging beschleunigten Schrittes zum Ostflügel. Er musste sofort die Gräfin sprechen, um freie Hand für weitere Maßnahmen zu bekommen.

Er traf Gräfin Carolin glücklicherweise sehr schnell im Rauchsalon an. Sie war allein und trank eine Tasse Tee. Bernstein erzählte ihr so rasch wie möglich, welche Erkenntnisse er und Juwlis bisher hatten. Die Gräfin hörte ihm mit einer Mischung aus Hoffnung, Entsetzen und Neugier zu. Bernstein verriet auch, dass sie Herrn Kollau für den Täter hielten und dass er, Bernstein, nun zu wissen glaubte, wie sich die Tat im Wesentlichen abgespielt haben mochte.

»Ich kann dir jetzt noch nicht im Einzelnen schildern, wie Herr Kollau meiner Meinung nach vorgegangen ist. Wir müssen zunächst den Ring in Sicherheit bringen.« Er beugte sich zu ihr vor. »Ich bin mir sicher, dass der Ring in einer der Kerzen im Leuchter steckt. Würdest du mir gestatten, diese Kerze an ihrem Boden zu öffnen, um den Ring hervorzuholen?«

Die Gräfin konnte kaum glauben, was sie da zu hören bekam, aber sie war einverstanden.

»Mach nur, Arthur, ich habe vollstes Vertrauen zu dir. Die Kerze kann man ersetzen, den Ring nicht.«

»Ich hätte noch eine Bitte, Caro. Herr Kollau hält sich zurzeit anscheinend im Aufenthaltsraum auf. Könntest du dich auch dorthin begeben und ihn notfalls unter irgendeinem Vorwand daran hindern, in den Festsaal zu gehen, solange ich mit der Kerze beschäftigt bin?«

»Ja, natürlich, das mach ich gern.«

Kurz darauf sah man Bernstein mit dem Leuchter in der Hand vom Festsaal in den Rauchsalon gehen. Zur gleichen

Zeit säuberte Jenny ausgiebig die nun leere Oberfläche des Sideboards. Das hatte sie bereits am frühen Morgen getan, aber sie wusste, was man von ihr nun erwartete; Bernstein hatte sie mit knappen Worten in alles eingeweiht. Falls also doch jemand in den Festsaal kommen sollte, gab es zumindest eine logische Erklärung für das Fehlen des Leuchters.

Bernstein war nun im Rauchsalon mit der am weitesten heruntergebrannten Kerze beschäftigt. Er kratzte mit einem scharfen Messer die ausgebesserte Stelle am Kerzenboden aus.

Und er musste sich nicht lange bemühen – da war er, der Ring! Bernstein hatte keine Zeit, ihn lange zu bestaunen; er nahm die Kerze und steckte sie, so wie sie war, in die Halterung zurück. Er war sich sicher, dass der Täter vorerst nicht zu der Kerze greifen würde. Dann ging er mit dem Leuchter in den Festsaal zurück und stellte ihn auf das Sideboard, das Jenny gerade zum achten Mal putzte.

Sie saßen zu viert in der Geheimkammer und beratschlagten. Bernstein, Juwlis, die Gräfin und ihr Ehegatte. Vor ihnen auf dem Tisch lag der Familienring. Die verräterischen Wachsspuren, die bei seiner »Wiederentdeckung« aus der Kerze herausgefallen waren, hatte Jenny bereits verschwinden lassen.

Nun galt es zu entscheiden, wie mit der neuen Situation umzugehen war. Die Gräfin hatte hierbei ein ganz persönliches Problem.

»Arthur, mir wäre es am liebsten, wenn Herr Kollau im Glauben gelassen wird, dass ich niemals von seiner Täterschaft erfahren habe. Könntet ihr ihm gegenüber so tun, als hättet ihr mich da rausgelassen?«

Die Detektive waren überrascht.

»Wir sollen so tun, als hätten wir dich gar nicht informiert, wenn wir ihn überführen?«, fragte Bernstein.

»Ja. Ich möchte unter allen Umständen Zwietracht zwischen mir und meinen Gästen vermeiden«, sagte die Gräfin.

»Hm. Wir könnten ihm natürlich sagen, dass wir dich nicht eingeweiht haben in unsere Ermittlungen, aber ob er das glauben wird? Na ja, wir können uns dazu ja noch etwas überlegen ... Aber nun wieder zu dem eigentlichen Fall.« Er rückte sich in seinem Sessel zurecht. »Kann es sein, dass Herr Kollau in absehbarer Zeit hier wieder im Schloss als Gast eingeladen ist?«

»Ja, mein Mann hat demnächst einen Besprechungstermin mit Geschäftsfreunden bezüglich einiger Renovierungsarbeiten«, erklärte Gräfin Carolin. »Herr Kollau ist doch auch dabei, nicht wahr, Adrian?«

Der Angesprochene nickte.

»Ja, demnächst soll ein Anbau an den Ostflügel angebracht werden. Es sind dabei noch viele Fragen zu klären, bautechnische, aber auch finanzielle. Dafür findet hier im Schloss in zwei Wochen eine Besprechung statt, an der auch Herr Kollau teilnehmen wird.«

»Dann ist der Diebstahl nach der Vorstellung von Herrn Kollau also erst in zwei Wochen abgeschlossen«, meinte Bernstein geheimnisvoll.

Die anderen blickten ihn ratlos an.

Bernstein beugte sich in seinem Sessel vor und begann zu erklären, was seiner Meinung nach geschehen war und was der Täter vorhatte.

»Zunächst einmal Folgendes: Wir müssen uns keine Sorgen machen, dass Herr Kollau heute oder morgen bemerkt, dass wir das Versteck des Ringes entdeckt haben. Sein Plan war, den Ring in der Kerze zu verbergen, bei passender Gelegenheit die Kerze durch eine neue, äußerlich gleiche Kerze auszutauschen und die Kerze mit dem Ring – die übrigens selber auch nicht die ursprüngliche Kerze des Leuchters ist – einfach im Koffer aus dem Schloss zu tragen. Sein Problem ist nur: Er muss ja im Moment noch damit rechnen, dass vielleicht das Gepäck der Gäste und damit auch sein eigenes bei der Abreise durchsucht werden.«

»Das würde ich niemals verlangen, Arthur«, wandte die Gräfin ein.

»Das weiß ich, Caro, aber das weiß Herr Kollau nicht, denn er kennt dich noch nicht so gut wie ich. Er muss damit rechnen, dass die Koffer durchsucht werden, und er will natürlich nicht, dass dabei der gestohlene Ring entdeckt wird. Darum entschließt er sich, den Ring hier im Schloss zu verstecken, und erst in zwei Wochen, wenn er wieder hier ist, wird er den Ring aus dem Schloss schaffen, weil er sicher sein kann, dass *dann* kein Gepäck mehr kontrolliert wird!«

»Du, Arthur, das Ganze ist mir immer noch nicht klar«, meinte die Gräfin lächelnd. »Ich weiß jetzt nur, dass der gestohlene Ring in die Kerze gesteckt wurde und in zwei Wochen vom Täter fortgeschafft werden soll. Aber wie genau ist der Täter vorgegangen? Man kann einen Ring doch nicht so ohne Weiteres in eine Kerze drücken.«

Bernstein nickte.

»Ich erkläre euch gleich alles ganz genau. Aber eine Frage vorweg, Caro: Aus welchem Wachs bestehen die Kerzen in dem Leuchter?«

Gräfin Carolin überlegte kurz. Dann sagte sie bestimmt:

»Das weiß ich noch genau: Es sind Stearinkerzen, ich habe sie vor vielen Jahren aus Skandinavien bekommen.«

Bernstein nickte bedächtig.

»Das dachte ich mir ... Ich war nämlich gerade eben noch in der Bibliothek und habe mich über Kerzen schlau gemacht.« Er setzte wieder seine geheimnisvolle Miene auf. »In einem der Bücher stand etwas sehr Interessantes über Kerzenwachs. Dort wurde erwähnt, dass die meisten Kerzen – etwa 90 Prozent – aus Paraffin bestehen, und sehr viel weniger aus Stearin. Allerdings hat Paraffin einen höheren Wachsverbrauch als Stearin.«

Er blickte vielsagend in die Runde.

»Dann war die eine Kerze, die schneller heruntergebrannt ist, aus Paraffin«, schlussfolgerte Juwlis. »Und Sie sagten ja eben, dass diese Kerze, die auch den Ring enthielt, keine ursprüngliche Kerze des Leuchters war.«

»Richtig«, bestätigte Bernstein. »Die ursprüngliche Stearinkerze liegt jetzt in der Schlucht. Herr Kollau hat sie letzte Nacht dort hineingeworfen.«

»Ich kann das alles noch gar nicht glauben«, flüsterte die Gräfin.

»Es ist Folgendes passiert«, begann Bernstein nun mit seiner Schilderung. »Herr Kollau ist hier zu den Festlichkeiten eingeladen worden und fasst den Entschluss, etwas Kleines, aber Wertvolles zu stehlen. Er ist ja schon einmal hier auf dem Schloss gewesen und weiß auch, das in dem Wandschrank im Festsaal wertvolle Dinge verstaut sind. Er plant, die Diebesbeute nicht gleich im Anschluss an die Festlichkeiten aus dem Schloss zu schaffen, denn er hat Angst, dass – so frisch nach der Tat – sein Gepäck kontrolliert wird und er auffliegen würde. Also beschließt er, die Beute im Schloss zu verstecken und erst in zwei Wochen, wenn schon etwas Gras über die Sache gewachsen ist und er wieder im Schloss sein wird, das Diebesgut hinauszuschmuggeln. Aber wo im Schloss soll er die Sache solange verstecken? Gibt es einen Ort, an dem garantiert niemand nachschaut? Das muss schon ein ungewöhnliches Versteck sein; so kam er schließlich auf den Kerzenleuchter.«

Er schaute wieder vielsagend drein. »Ich habe auch schon allen Ernstes überlegt, ob er den Ring wohl in eine der Kerzen gedrückt hat, denn mein Partner und ich sind bei unseren Ermittlungen auf ›Merkwürdigkeiten‹ gestoßen, die alle mit Kerzen zusammenhingen. Jenny hat beobachtet, wie Herr Kollau in seinem Zimmer eine

Kerze anzündete, obwohl er die Zimmerbeleuchtung eingeschaltet hatte. Frau Grannogh hat beobachtet, dass die rechte Kerze des Leuchters etwas schneller heruntergebrannte als die anderen. Und mein Partner und ich haben beobachtet, dass Herr Kollau kreidebleich wurde, als wir alle zu dem gedeckten Festtisch gingen. Im Nachhinein war mir klar, dass er entsetzt darüber war, dass der Leuchter mit brennenden Kerzen auf dem Tisch stand, was sonst bei festlichen Anlässen hier im Schloss nicht üblich ist. Ein Ring wird gestohlen – und es geschehen merkwürdige Dinge rund um Kerzen, teils vor, teils nach dem Diebstahl. Aber natürlich kann man einen Ring nicht so einfach in eine Kerze pressen. Ich grübelte und grübelte; ich wollte herausfinden, was hier gespielt worden ist.«

Er hielt kurz inne mit seiner Schilderung und blickte in die Runde.

»Und dann kam mir plötzlich eine Eingebung. Mit einem Mal wusste ich, wie der Täter vorgegangen war und wie sein weiterer Plan aussah. Er versteckte den geklauten Ring in einer vorher präparierten, von zu Hause mitgebrachten Kerze, die den Kerzen des Leuchters äußerlich vollkommen ähnlich ist. Diese Kerze hatte er am Boden so ausgehöhlt, dass ein Ring hineinpassen würde. Mit dieser Kerze kommt er nun hier auf dem Schloss an. In der Nacht schreitet er dann zur Tat. Er geht zum Wandschrank, stiehlt den Ring und geht zu seinem Zimmer zurück. Er legt den Ring in die ausgehöhlte Stelle des Kerzenbodens. Dann füllt er die Stelle mit Wachs. Aber sie ist noch nicht glatt; darum zündet er eine weitere Kerze an, hält die präparierte Kerze darüber und lässt den Boden über der Flamme flüssig werden, so dass er leicht glatt und eben gemacht werden kann. Kein Mensch würde nun darauf kommen, dass irgendetwas in der Kerze steckt. Aber er hat Pech: Jenny hat beobachtet, wie er die andere Kerze angezündet hat. Nun geht er also mit der präparierten Kerze und dem darin befindlichen Ring zum Kerzenleuchter im Festsaal, nimmt die rechte Kerze heraus und ersetzt sie durch seine eigene Kerze. Kein Mensch wird in dieser Kerze nach einem Ring suchen, wenn am nächsten Morgen der Diebstahl entdeckt werden sollte – das mag sich der Täter gedacht haben. Aber er hat ein zweites Mal Pech. Bei dieser Kerze, die für ihn nun als zugegeben geniales Versteck dienen soll, handelt es sich höchstwahrscheinlich um eine Paraffinkerze, während die ursprünglichen Kerzen des Leuchters aus Stearin sind.«

Bernstein machte eine kurze Pause.

»Ich sagte ja schon, ich habe mich in der Bibliothek über Kerzen informiert. Eine Stearinkerze hat einen Wachsverbrauch von 6 bis 7 Gramm pro Stunde; eine Paraffinkerze jedoch verbraucht pro Stunde 7 bis 8 Gramm Wachs.«

Er rückte sich in seinem Sessel zurecht.

»Jetzt steckt also diese Kerze mitsamt Ring im Leuchter. Aber was tun mit der alten Kerze? Sie muss irgendwie verschwinden. In seinem eigenen Koffer kann er sie nicht aus dem Schloss transportieren, denn er befürchtet ja, dass das Gepäck kontrolliert wird. Da kommt er auf die Idee, sie für alle Zeiten unauffindbar in die Schlucht zu werfen. Aber er hat zum dritten Mal Pech: Mein Partner Paul Juwlis beobachtet ihn, wie er über den Hof zur Schlucht geht und einen Gegenstand in den Abgrund wirft.«

Wieder machte Bernstein eine Pause.

»Und dann hat er noch ein viertes Mal Pech. Als er heute Morgen den festlich gedeckten Tisch sieht, muss er zu seinem Schrecken erkennen, dass der Kerzenleuchter auf dem Tisch steht. Damit hatte er nun überhaupt nicht gerechnet – er ist ja nicht zum ersten Mal hier zu Gast, und bisher wurde dieser Leuchter noch nie benutzt. Was nun, wenn die Kerzen ganz herunterbrennen und der Ring zum Vorschein kommt? Nun, ganz so lange dauerte das Festmahl denn doch nicht. Aber immerhin brannten die Kerzen lange genug, dass Frau Grannogh bemerken konnte, dass eine weiter heruntergebrannt war als die anderen.«

Bernstein machte mit der linken Hand eine Geste, die etwa so viel aussagen sollte wie: »Den Rest könnt ihr euch wohl selber denken.« Er sprach dann aber doch noch aus, wie er sich den weiteren Hergang vorstellte.

»Jetzt steckt der Familienring also erst mal in jener Kerze ... Irgendwann muss er den Ring aber an sich bringen. Er kann nicht einfach darangehen und mit einem Messer oder was auch immer den Wachsboden freimachen und mit dem Ring aus dem Schloss wandern. Aber er ist ja wieder eingeladen – in nur zwei Wochen kann er den Diebstahl also vollenden: Er wird die Paraffinkerze mitsamt dem Ring aus dem Leuchter herausnehmen und mit seinem Gepäck aus dem Schloss herausbringen – eine Kontrolle wird er *dann* ja nicht mehr zu fürchten haben. An die Stelle jener Paraffinkerze wird er eine andere Kerze stecken, die ihren beiden Vorgängern äußerlich vollkommen gleicht. Das bedeutet, diese neue Kerze muss auch genauso weit heruntergebrannt sein wie die Kerze mit dem Ring.« Er warf seinem Kompagnon einen vielsagenden Blick zu. »Erinnern Sie sich noch, wie Herr Kollau zu Beginn und zum Ende des Festmahls auf die Uhr schaute? Er wollte wissen, wie lange die Kerze brannte. Dadurch wüsste er, wie lange er die ganz neue Kerze, die an die Stelle ihrer beiden Vorgänger treten soll, brennen lassen muss, damit sie so weit heruntergebrannt ist wie jene mit dem Ring drin.«

Eine Weile herrschte Schweigen. Diese phantastische Idee, einen fremden Ring aus einem Schloss herauszuschmuggeln und dabei praktisch kein eigenes Risiko einzugehen, mussten die Zuhörer erst mal in sich aufnehmen. Schließlich meldete sich Juwlis zu Wort.

»Sie erwähnten vorhin, dass wir uns um die Kerze mit dem Ring vorerst keine Sorgen machen müssen. Sie gehen davon aus, dass er erst in zwei Wochen zur Tat schreitet. Aber haben wir nicht eine Sache übersehen? Die Gräfin hat ja heute überraschend den Kerzenleuchter für das Festmahl verwendet. Besteht nicht aus Sicht des Täters die Gefahr, dass innerhalb der nächsten zwei Wochen erneut ein festliches Bankett veranstaltet wird, auf dem dann wieder der Leuchter steht und die Kerzen womöglich ganz herunterbrennen?«

Dieser Einwand war natürlich berechtigt, aber Bernstein hatte, kurz bevor sie sich hier zu viert in der Geheimkammer trafen, noch ein Gespräch mit der Gräfin geführt.

»Herr Kollau hat die Gräfin vorhin gefragt, ob demnächst noch eine festliche Veranstaltung stattfindet, was sie verneint hat«, klärte er Juwlis auf.

»Ja, ich habe ihm erzählt, dass wir erst wieder in einigen Monaten ein Fest geben werden«, erklärte die Gräfin. »Vorher ist nur noch jener erwähnte Besprechungstermin, zu dem ja auch Herr Kollau eingeladen ist.«

Adrian von Meylenstein hatte zu den Worten seiner Frau genickt. »Es wird natürlich etwas zu essen geben, aber wir machen kein Fest. Herr Kollau muss also nicht befürchten, dass der Kerzenleuchter zum Einsatz kommt.«

Juwlis nickte. »Gut. Und selbst wenn der Leuchter noch einmal zum Einsatz kommen würde, wäre es höchst unwahrscheinlich, dass jene Kerze bis zu dem Ring runterbrennen würde. Die Kerzen sind ja alle recht dick, und sie sind nur zu einem geringen Teil heruntergebrannt.«

»Eine Frage habe ich noch«, meldete sich noch einmal Adrian von Meylenstein zu Wort. »Die eine Kerze ist ja etwas weiter heruntergebrannt als die anderen drei. Müsste Herr Kollau nicht befürchten, dass wir misstrauisch werden und uns fragen, warum diese Kerze schneller herunterbrannte?«

»Ich glaube nicht«, beruhigte Bernstein. »Ganz ausschließen kann man es zwar nicht, und ich gehe davon aus, dass der größere Wachsverbrauch Herrn Kollau aufgefallen ist, denn er musste ja ein wachsames Auge auf den Leuchter haben. Aber es fällt einem nicht sofort auf, dass die eine Kerze schneller heruntergebrannt ist. Von den etwa dreißig Gästen ist es anscheinend nur einer Person aufgefallen, nämlich Frau Grannogh.« Bernstein machte eine Handbewegung, als würde er etwas erklären müssen, was keiner Erklärung bedurfte. »Selbst wenn Kollau befürchtet, dass es jemandem aufgefallen wäre, man würde alles Mögliche dahinter vermuten, aber wohl kaum, dass ein Ring in der Kerze steckt. Man würde vielleicht glauben, dass das Wachs verunreinigt ist oder die Kerze einen minimal kleineren Durchmesser hat als die anderen.« Er musste lächeln. »Es ist einer Kerze, die oben brennt, egal, ob in ihrem Boden ein Ring steckt, sie brennt deshalb nicht schneller herab. Nein, ich glaube nicht, dass Kollau davor Angst hat, dass auch nur irgendeiner aus der Runde den Ring in der Kerze vermuten würde.«

»Arthur, ich glaube, dass wir so weit wissen, was hier passiert ist«, wandte sich die Gräfin an Bernstein. »Sollten wir jetzt darüber beratschlagen, wie Herr Kollau überführt werden soll?«

»Ja, darauf wollte ich gerade zu sprechen kommen. Du hast den Wunsch geäußert, dass er in dem Glauben bleiben sollte, dass nur wir Detektive ihn überführt haben, während ihr beide unwissend wart und es auch weiterhin bleibt.«

»Ja.« Gräfin Carolin nickte aufgeregt mit dem Kopf. »Es klingt vielleicht merkwürdig, aber ich möchte jeglichen Skandal vermeiden. Herr Kollau soll auch in Zukunft unbefangen herkommen können, ohne zu ahnen, dass wir beide – mein Mann und ich – über ihn Bescheid wissen.«

»Obwohl er dir den Familienring stehlen wollte?«

»Es mag unglaublich klingen, aber vielleicht verstehst du uns, wenn wir dir unsere Begründung für unseren Entschluss geben. Mein Mann und ich haben bereits darüber beratschlagt.«

»Es ist so«, erklärte von Meylenstein ernst, »Herr Kollau hat mir nicht nur sehr geholfen, er ist für mich als Ratgeber unentbehrlich. Ich benötige seine Hilfe hier auf dem Anwesen auch längerfristig. Wenn er aber weiß, dass wir beide über seine Täterschaft Bescheid wissen, wird er keinen Schritt mehr in dieses Schloss tun.«

Es war zu spüren, dass den Eheleuten viel daran lag, einen Skandal oder auch nur größeres Aufsehen um ihre Person und ihren gräflichen Stammsitz zu vermeiden. Woher dieser starke Wille kam, konnten die Detektive nicht nachempfinden, aber sie bemühten sich, den Wunsch ihrer Gastgeber zu akzeptieren.

»Hm, vielleicht ließe sich da eine Möglichkeit finden«, meinte Bernstein grüblerisch. »Eventuell werden wir ein wenig schauspielern müssen. Wie lange wird Herr Kollau dann eigentlich bleiben?«

»Nur so lange, wie wir mit der Planung des Projektes brauchen«, meinte Herr von Meylenstein. »Es wird vielleicht drei oder vier Tage dauern.«

»Gut. Er wird hoffentlich gleich in der ersten Nacht zuschlagen und die Paraffinkerze mit dem Ring durch eine neue ersetzen. Einer von uns beiden wird in diesem Moment in den Festsaal kommen und ihn dabei überraschen. Wir tun einfach so, als wäre derjenige zufällig in den Raum gekommen.«

»Ein nächtlicher Spaziergang eben«, fügte Juwlis lächelnd hinzu, bezweifelte aber genauso wie sein Partner, dass man ihnen das abnehmen würde.

»Es darf nicht erwähnt werden, dass wir auch auf dem Schloss sein werden«, meinte Bernstein zur Gräfin. »Kurz vor der ersten Nacht erzählst du nur, dass im Laufe des Abends noch weitere Bekannte kommen, so dass er nicht misstrauisch wird, wenn er einen von uns des Nachts sieht. Aber bitte erwähnt nicht unsere Namen.«

Das verstanden die Gräfin und ihr Ehegatte natürlich. Sie saßen noch eine Weile beisammen und besprachen verschiedene Details ihres Plans. Bis zur Abreise am darauffolgenden Tag geschah nichts Außergewöhnliches mehr auf dem Schloss.

Die Stimmung war natürlich getrübt. Mehrere der Gäste hatten die Gräfin auf den Verlust des Ringes angesprochen, einige äußerten Betroffenheit, andere fragten, ob unter diesen Umständen denn überhaupt weitergefeiert werden solle. Die Gräfin beruhigte ihre Gäste und bat stets darum, sich die gute Laune nicht nehmen zu lassen. Die Feierlichkeiten, das Zusammentreffen mit den vielen Bekannten und Freunden, waren ihr wichtig. Es sollte trotz allem eine schöne Zusammenkunft werden.

So fand denn am Abend wie geplant die kleine Magievorstellung statt. Ein schon etwas in die Jahre gekommener Zauberer führte bekannte Kunststücke vor und bekam dennoch großen Applaus. Die Mahlzeiten im Schloss fanden nicht mehr in dem großen, feierlichen Rahmen statt wie das Festmahl am Morgen. Insbesondere verzichtete die Gräfin darauf, den Kerzenleuchter aufzustellen.

Am folgenden Morgen hieß es dann für die Gäste Abschied nehmen. Manche fühlten sich erneut genötigt, ein paar tröstende Worte an die Gräfin wegen des gestohlenen Ringes zu richten. Einige wirkten unsicher, als hätten sie Angst, man wolle noch ihr Gepäck kontrollieren.

Herr Kollau ließ sich äußerlich nichts anmerken, als er sich in sein Auto setzte und davonfuhr. Er schien sich vom gestrigen Schrecken erholt zu haben.

Auch die Detektive verabschiedeten sich von ihren Gastgebern.

»Wir werden uns etwas einfallen lassen, das versprechen wir«, sagte Bernstein noch zum Abschied.

»Machen Sie sich nur nicht zu viele Gedanken«, beruhigte Herr von Meylenstein ihn. »Meine Frau und ich sind vor allem dankbar, dass wir dank Ihrer Hilfe den Ring wiederhaben.«

Dann setzten sich die Detektive in Bernsteins Wagen und fuhren ihrem Heimatort entgegen.

Sie hatten einiges zu besprechen auf der Fahrt. Bernstein hatte ja zum Schluss den Fall mehr oder weniger im Alleingang gelöst. Er war gar nicht mehr dazu gekommen, Juwlis zu involvieren, da plötzlich alles sehr schnell gegangen war.

Das hatte es schon des Öfteren gegeben, dass Bernstein einen Fall allein löste, ohne seinen Komplizen dabeizuhaben. Häufig ging dem vorher eine Eingebung Bernsteins voraus; plötzlich hatte er erkannt, wo das Problem lag, und musste nun – aus welchen Gründen auch immer – schnell handeln, die richtigen Entscheidungen treffen, Dinge in die Wege leiten. Es blieb in solchen Fällen einfach keine Zeit mehr, Juwlis in alles einzuweihen.

Paul Juwlis hatte damit keine Probleme. Letztendlich saßen sie ja in einem Boot. Seit vielen Jahren waren sie gleichberechtigte Partner in ihrer Detektei Bernstein & Juwlis. Gut, es hatte hin und wieder Situationen gegeben, in denen er, Juwlis, gerne auch mal so geglänzt hätte wie sein Kompagnon. Aber in solchen Fällen dachte er an die Effektivität seines Partners, und dass sein Können ihnen beiden als Detektivduo von Nutzen war. Und Juwlis war mit vollem Herzen Detektiv.

Im Moment beschäftigte ihn gerade etwas anderes.

»Sie sprachen vorhin von einer Eingebung, die Sie hatten, wonach Ihnen des Rätsels Lösung klar wurde. Was war da genau?«

»Ach, das ist eine witzige Geschichte«, meinte Bernstein

lächelnd. »Als ich gestern im ersten Stock des Westflügels war, um auf neue Gedanken zu kommen, fiel mir zufällig ein Max-und-Moritz-Buch in die Hände. Eines mit diesen schönen, alten Bildern von Wilhelm Busch. Und als ich ganz am Ende des Buches ein Bild betrachtete, wusste ich plötzlich, wie der Täter vorgegangen war.«

»Was denn für ein Bild?«

»In dem letzten Streich der beiden schlitzen sie doch mit Messern Kornsäcke auf. Auf einem der Bilder war genau dies abgebildet. Dort sah man, wie das Korn aus den aufgeschlitzten Säcken herausrieselte. Und da musste ich an diese ominöse Kerze denken. Wenn Sie mit einem Messer ein Loch in eine Kerze machen, dann rieselt auch das Wachs krümelweise heraus. Ich habe es zufällig einmal selber ausprobiert.«

»Dann haben wir es Wilhelm Busch zu verdanken, dass wir dieses Rätsel gelöst haben«, meinte Juwlis sinnend.

»Ihm und aufmerksamen Zeugen. Jenny, die das mit der verräterischen Kerze bemerkte, Frau Grannogh, die das mit der stärker herabgebrannten Kerze bemerkte; und Ihnen, da Sie ja das mit der weggeworfenen Kerze beobachtet haben.«

Juwlis ließ den Blick nachdenklich in die Ferne schweifen.

»Da ist noch etwas, was ich nicht begreife«, meinte er. »Sie haben gegenüber unseren Gastgebern mit großer Sicherheit beschrieben, wie sich die Tat bisher zugetragen hat. Sie gehen mit Selbstverständlichkeit davon aus, dass Kollau der Täter war, beschreiben, was er tat und was er wohl weiterhin plant. Aber wissen wir hundertprozentig, dass er es war? Seine Überführung steht ja noch bevor, in zwei Wochen voraussichtlich. Woher nehmen Sie bloß diese Gewissheit?«

»Weil ich ihn *erlebt* habe. Ich bin ja schon seit Jahrzehnten Detektiv, und ich spüre, wenn jemand etwas ausheckt, auf etwas lauert – oder ob er einfach nur als Gast bei jemandem eingeladen ist. Wenn ich jemanden unmittelbar erlebe, der zum Beispiel Angst davor hat, aufgedeckt zu werden, der ein bestimmtes Ereignis herbeifiebert oder auch gerade *nicht* herbeifiebert, dann spüre ich das. Und bei Kollau habe ich dies gespürt. Dieses Gespür hat mich mehr von seiner Täterschaft überzeugt als alle anderen Indizien, die – logisch zusammengefügt – auch gegen ihn sprechen.«

Sie redeten während der Fahrt noch lange über den Fall, der ja noch nicht abgeschlossen war. Schließlich kam ihr Heimatort in Sichtweite.

Wie überbrückt man als Detektiv zwei Wochen, in denen man fast zur Untätigkeit verdammt ist, obwohl man weiß, dass der Hauptteil eines Falles – die unmittelbare Überführung des Täters – noch nicht abgeschlossen ist? Die Detektive hatten vereinbart, vor Abschluss dieses Falles keine weiteren Fälle anzunehmen. Es gab auch so genügend zu überdenken.

Am meisten Sorge machte ihnen der außergewöhnliche Wunsch der Gräfin, es so aussehen zu lassen, als hätten die Detektive den Täter im Alleingang überführt, ohne sie in Kenntnis gesetzt zu haben.

»Wenn wir ihn auf frischer Tat dabei ertappen, wie er die Kerzen auswechselt, wird er sofort denken, dass wir ihm schon länger auf der Spur sind. Der glaubt doch nicht, dass wir, die wir mit der Aufklärung betraut sind, ihn so ›zufällig‹ dabei ertappen«, meinte Juwlis achselzuckend.

Bernstein nickte. »Und wenn es nicht zufällig war, dann wäre es höchst unwahrscheinlich, dass wir die Gräfin nicht involviert hätten. Wo gibt es denn so was, dass zwei Detektive über Wochen jemanden in Verdacht haben, die Überführung des Täters planen und den Auftraggeber über nichts in Kenntnis setzen?«

»Das wird Herr Kollau uns niemals glauben, dass die Gräfin von nichts wusste«, meinte Juwlis resignierend.

Sie saßen in der Sitzecke in ihrem Detektivbüro und tranken Kaffee. Seit ihrer Ankunft in ihrer Detektei waren einige Stunden vergangen. Es tat ihnen gut, wieder in ihrer vertrauten Umgebung zu sein, auch wenn sie die Zeit auf dem Schloss in angenehmer Erinnerung behalten würden. Ihr Büro war mit alten, braunen Möbeln ausgestattet, im hinteren Bereich stand ein riesiges Regal mit Büchern, im linken Teil stand eine Kommode. In der Sitzecke wurden Klienten und andere Gäste empfangen. Sie bestand aus einem größeren Tisch mit fein geschnitzten Füßen, einem großen Sofa direkt vor jenem Bücherregal und zwei Sesseln. Auf dem Tisch stand ein prachtvoller und nicht selten überfüllter Kristallaschenbecher.

Nach einer Weile kam Frau Bernstein und brachte frischen Kaffee sowie Kuchen und Gebäck.

Während sie das Tablett auf dem Tisch abstellte, kam Bernstein eine Idee.

»Margot, hättest du in zwei Wochen Zeit, um mit mir auf das Schloss Rubitzien zu kommen?«, fragte er seine Frau.

Frau Bernstein sah ihren Mann erstaunt an.

»Ich soll diesmal mitkommen? Ist denn wieder eine festliche Veranstaltung? Bin ich denn eingeladen? Ich kenne die Gräfin doch gar nicht.«

»Ursprünglich war ich auch nicht eingeladen«, erklärte Bernstein lächelnd. »Es findet dann auch nur ein Treffen zwischen Adrian von Meylenstein und einigen seiner Geschäftspartner und Berater statt. Wir haben mit Gräfin Carolin und ihrem Gatten vereinbart, dass wir dort auftauchen und einen Täter auf frischer Tat ertappen sollen.«

Margot Bernstein nahm nun ebenfalls in der Sitzecke Platz. Ihr Mann hatte ihr bei seiner Rückkehr nur in kurzen Worten von den Geschehnissen auf dem Schloss berichtet und auch gesagt, dass der Fall noch nicht abgeschlossen war. Umso erstaunter war sie, als sie nun hörte, dass sie als »Nichtdetektivin« mitkommen sollte.

»Es soll alles so aussehen, als sei ich nicht als Detektiv, sondern einfach nur als Gast auf dem Schloss. Ich bin ja schon seit vielen Jahren mit der Gräfin befreundet, und wenn du statt Herrn Juwlis mit mir dort hinkommst, ist es vielleicht auch glaubhaft, dass wir nur private Gäste sind.« Er wandte sich an seinen Kompagnon. »Herr Kollau weiß ja nicht, was wir wissen – er glaubt, dass wir den Fall nicht gelöst haben und ihn abgeschlossen haben. Aus seiner Sicht wäre es nachvollziehbar, wenn ich als normaler Gast oder Freund dort auftauche. Und damit es eher danach aussieht, wäre es besser, wenn ich in Begleitung meiner Frau dort bin. Ich hoffe, Sie sind jetzt nicht enttäuscht ...«

»Nein, gewiss nicht.« Bernsteins Entscheidung kam zwar überraschend für ihn, war aber nachvollziehbar, so dass Juwlis keine Einwände erhob. Er hätte nichts dagegen gehabt, sich noch einmal das schöne Schloss anzusehen, aber die Detektei hatte – auch hier wieder mal – Vorrang.

Die Detektive berichteten Frau Bernstein nun ausführlicher über die Ereignisse auf Schloss Rubitzien, so dass sie voll im Bilde war.

»Wie soll ich mich denn dort verhalten, um keine Fehler zu machen?«, fragte Frau Bernstein etwas unsicher.

Bernstein machte eine abwinkende Geste. »Mach dir darüber keine Sorgen, wir werden spät abends, wenn es schon dunkel ist, ankommen und dann gleich auf unser Zimmer gehen. Wahrscheinlich bekommt uns Herr Kollau gar nicht zu Gesicht. Man wird ihm und den anderen Teilnehmern erzählen, dass noch Gäste der Gräfin angekommen sind.« Er starrte auf den Kristallaschenbecher. »Hmm ... mir kommt da eine Idee ...«

Er hatte schon die ganze Zeit gegrübelt, *wie* sie ihn auf frischer Tat ertappen konnten. Man konnte sich in dem Festsaal nicht gut stundenlang auf die Lauer legen, zumal es dort kein passendes Versteck gab. Man musste schon irgendwie mitkriegen, wenn Herr Kollau sein Zimmer verließ, aber es war ja auch mühsam, ständig zu lauschen, ob seine Tür ging.

»Als wir auf dem Schloss waren, hatte Kollau das vorletzte Zimmer«, murmelte er vor sich hin, »gleich gegenüber war der Eingang zu der Bibliothek ... Wenn nun Jenny und Christina in der Bibliothek sind und lauschen ... sie könnten sich ja abwechseln ... dann müssten sie es doch mitbekommen, wenn die Tür von Kollaus Zimmer geht ...«

Juwlis gefiel die Idee.

»Die beiden werden bestimmt mitmachen, wenn wir sie einweihen, da bin ich mir sicher. Sie sind beide hilfsbereit und aufgeweckt.«

Bernstein rückte sich in seinem Sessel vor.

»Wir werden das im Einzelnen noch mit den beiden besprechen, sie werden sicher nicht stundenlang in der Bibliothek hocken müssen. Kollau wird wohl etwa um dieselbe Zeit zuschlagen wie beim letzten Mal. Aber jetzt zu unserer eigentlichen Aufgabe: *Was sage ich Kollau*?«

Er wandte sich wieder seiner Frau zu.

»Jenny und Christina werden an unsere Zimmertür klopfen, wenn sie Kollau aus seinem Zimmer gehen hören. Sollte Kollau sich zufällig umdrehen, weil er beispielsweise die Tür der Bibliothek gehört haben mag, wird er keinen Verdacht schöpfen, wenn er eines der Mädchen sieht. Ich öffne auf das Klopfen dann leise unsere Tür und schau erst mal den Gang hinunter. Wenn ich vorsichtig bin, wird er mich nicht bemerken. Wenn er aus meinem Blickfeld ist, gehen wir beide dann so rasch wie möglich Richtung Festsaal. Wir müssen ihn dann dabei überraschen, wie er die Kerze im Leuchter, in der er noch den Ring vermutet, durch eine eigens mitgebrachte ersetzt, die vollkommen heil ist und kein Loch im Boden hat. Er wird sie nur genauso weit herabbrennen haben lassen wie die mit dem Ring.«

Er verfiel wieder ins Grübeln.

»Man müsste den echten Familienring vorher wieder in die Kerze stecken und das Ganze mit flüssigem Wachs wieder zumachen, genauso, wie er es gemacht hat. Wenn wir ihn dann mit der Kerze erwischen, werden wir diese untersuchen und so tun, als hätten wir zufällig den nicht ganz einwandfrei verarbeiteten Boden entdeckt. Wir werden den Boden öffnen und den Ring finden ... Dann sagen wir ihm auf den Kopf zu, dass er ihn dort versteckt hat und ihn nun hervorholen wollte.«

»Und dann geben wir ihm die Möglichkeit, ungestraft davonzukommen – weil die Gräfin es so will«, fügte Juwlis hinzu.

»Ja. Wir sagen ihm, wir werden ihn nicht bei der Gräfin verraten, weil sie große Stücke auf ihn hält. Sie würde es nicht ertragen zu erfahren, dass ausgerechnet er der Täter sein soll. Wir sagen ihm, dass wir der Gräfin erzählen werden, wir hätten zufällig den Ring im Kerzenboden entdeckt.«

Jetzt musste Juwlis laut lachen.

»Natürlich! Das ist ja auch ganz normal, dass man als Gast, wenn man in einem Schloss eingeladen ist, erst mal sämtliche Kerzen aus den Leuchtern nimmt und dann deren Boden untersucht.«

Margot Bernstein lachte nun auch, während ihr Ehemann etwas gequält lächelte.

»Bedenken Sie, wir sind ja schließlich Detektive und mit der Wiedererlangung des Ringes beauftragt worden. Ich könnte irgendwie dahintergekommen sein, dass mit den Kerzen etwas nicht stimmt; denken Sie an das langsamere Herabbrennen ... Das könnte auch Kollau aufgefallen sein. Nein, es könnte sein, dass Herr Kollau mir glaubt, dass ich meinerseits glaube, dass die Gräfin ein zufälliges Auffinden des Ringes ohne Kenntnis des Täters für glaubhaft hält.«

»Das glaube ich nicht«, meinte Juwlis. »Aber dennoch sollten Sie so vorgehen. Ich sehe auch keine andere Möglichkeit.« Er blickte sich nachdenklich im Raum um. »Wo steckt der Ring eigentlich jetzt?«, fragte er.

»Carolin wollte ihn nach der Abreise der Gäste wieder an seinen alten Platz zurückbringen, in die Schublabe des großen Schranks im Festsaal. Es besteht ja vorläufig keine Gefahr mehr.«

Sie beratschlagten noch eine ganze Weile. Schließlich kamen sie überein, dass sie an Bernsteins Plan festhalten wollten, auch wenn es keine Garantie für ein Gelingen gab. Aber es war immer noch besser, einen schlechten Plan zu haben, als gar keinen. Lediglich eine Änderung des Planes nahmen sie sich noch vor: Sie entschieden, dass es ein zu großes Risiko wäre, den Ring wieder in die Kerze zurückzustecken. Stattdessen würde Bernstein nur den Kerzenboden untersuchen und dann Herrn Kollau auf den Kopf zusagen, dass er den Ring hineingesteckt habe. Würde dies nicht ausreichen, um ihn zu einem Geständnis zu bewegen, würde Bernstein mit der Kerze verschwinden und nach einer Weile mit selbiger und dem Familienring in der Hand zu Kollau zurückkehren und ihm erzählen, er habe den Ring soeben in der Kerze gefunden.

Zwei Wochen später war es dann endlich so weit. Das Ehepaar Bernstein kam pünktlich um zehn Uhr abends auf Schloss Rubitzien an. Die Gräfin empfing ihre Gäste noch auf dem Hof. Man hatte natürlich alles vorher besprochen: Die Gräfin und Margot Bernstein sollten so tun, als würden sie sich schon länger kennen und wären beste Freunde. Es war bereits stockdunkel, und sie kamen unerkannt ins Schloss. Bernstein und seine Frau gingen sofort zu ihrem neuen Zimmer – es war diesmal das allerletzte im Westflügel, jenes, in dem zwei Wochen zuvor Paul Juwlis untergebracht gewesen war. Niemand hatte sie unterwegs gesehen. Mit Jenny und Christina war telefonisch alles abgesprochen worden. Sie waren sofort bereit gewesen, hier mitzumachen. Sie würden sich um elf Uhr unauffällig in die Bibliothek begeben und dort etwa eine Stunde verweilen. Ergäbe sich in dieser Zeit nichts, würden sie den Raum wieder verlassen, und Bernstein würde von seinem Zimmer aus allein wachen. Es machte ihnen nichts aus, so lange in der Bibliothek zu verweilen, es gab ja genügend Möglichkeiten, sich die Zeit zu vertreiben. Die Zeit würde ihnen zudem als Arbeitszeit angerechnet werden.

Es war jetzt elf Uhr. Bernstein und seine Frau hatten sich die Zeit mit Kartenspiel vertrieben. Frau Bernstein war jetzt doch müde geworden und zu Bett gegangen. Bernstein saß angestrengt in seinem Sessel und starrte durchs Fenster. Es waren nicht mal mehr die Umrisse der Schlossmauern zu erkennen, so finster war es. Der Familienring lag griffbereit vor ihm auf einem kleinen, antiken Tisch. Etwas nervös trommelte er mit den Fingern auf dem Tisch herum. Am liebsten hätte er an Stelle von Jenny und Christina Wache gehalten, aber auch er konnte kaum die ganze Nacht allein durchwachen.

Er hatte ursprünglich vorgehabt, sich ein wenig hinzulegen und auszuruhen und nur auf das Klopfen an der Tür zu achten. Aber noch fühlte er keine Müdigkeit.

»Da hätte ich ebenso gut Wache halten können«, dachte er bei sich.

Sollte er versuchen, auf Vorrat zu schlafen? Aber wenn er dann das Klopfen nicht hörte?

Bernstein konnte manchmal ganze Nächte durcharbeiten, wenn es ein Problem zu knacken galt und die Situation es erforderte. Aber er war der Meinung gewesen, dass es diesmal ein zu großes Risiko sei, allein Wache zu halten, denn man musste ständig die Ohren gespitzt halten, um die Tür nicht zu überhören.

»Und stattdessen darf ich jetzt das Klopfen nicht überhören«, meinte Bernstein kopfschüttelnd.

Es war jetzt halb zwölf. Da klopfte es an der Tür.

Bernstein sprang aus seinem Sessel und war mit Riesenschritten bei der Tür. Wer würde es sein, Jenny oder Christina? Er öffnete – und konnte seine Überraschung kaum verbergen. Es war die Gräfin.

»Arthur, ich muss dich um etwas bitten«, sagte sie mit ihrer leisen Stimme.

»Kommt doch erst mal rein«, erwiderte Bernstein und hielt ihr die Tür auf.

»Weißt du, ich habe noch mal über alles nachgedacht. Ich habe jetzt einen endgültigen Entschluss getroffen. Ich möchte nicht, dass Herr Kollau überführt wird. Ich möchte dich bitten, ihn nicht anzusprechen, wenn er seine Tat nachher vollenden wird. Bitte beobachte ihn nur und erzähl mir dann alles.«

Bernsteins Gedanken rasten. Nun ja, es wäre möglich, das so zu machen ... Der Ring war ja nicht mehr in der Kerze, es bestand also keine Verlustgefahr ... Wahrscheinlich würde er nur eine neue Kerze in den Leuchter tun und dann zu Hause entdecken, dass man ihm zuvorgekommen war. Aus seiner Sicht würde niemand den wahren Täter kennen ...

»Ist gut«, sagte Bernstein. »Ich mache es so. Wenn es dein Wunsch ist ...«

»Weißt du, er hat ja immerhin so viel schon für uns getan durch seine Beratertätigkeit. Vielleicht hat er ja irgendeinen inneren Drang gehabt, diesen Ring unbedingt haben zu müssen ... Weißt du, ich habe in den letzten zwei Wochen viel über seine möglichen Beweggründe nachgedacht und beschlossen, es einfach dabei zu belassen.«

Bernstein nickte. Die tatsächlichen Beweggründe des Täters würden sie dann wohl nie mehr erfahren.

Es klopfte erneut an der Tür. Bernstein öffnete hastig, und eine aufgeregte Jenny flüsterte ihm zu:

»Da hinten im Gang läuft Herr Kollau!«

»Ist gut«, flüsterte Bernstein zurück, und an die Gräfin gewandt: »Warte solange hier.«

Die Gräfin blieb, ein wenig verwirrt von den Ereignissen, im Sessel sitzen und wartete seine Rückkehr ab.

Bernstein hastete indessen auf leisen Sohlen Herrn Kollau hinterher, der gerade die Säulenhalle durchquert hatte und dann aus seinem Sichtfeld getreten war. Bernstein lief nun im Eilschritt zur Säulenhalle, durchquerte diese und stand dann neben der geöffneten Tür zum Festsaal. Eine Lampe sorgte wie immer für schummriges Licht, und er sah, wie Kollau aus seiner ausgebeulten Jacketttasche eine Kerze zog, äußerlich denen im Leuchter gleich; sie war nur etwas weiter heruntergebrannt, genauso weit wie jene, die ganz rechts im Leuchter steckte. Der Mann hatte an jedes Detail gedacht. Es geschah genau das, was Bernstein vorhergesagt hatte. Kollau nahm die äußerste rechte Kerze heraus und sah sicherheitshalber auf deren Boden – der Leuchter hätte ja auch andersherum stehen können als vor dem Festmahl. Aber dies hier war »seine« Kerze. Er steckte sie ein. Dann steckte er die neu mitgebrachte Kerze an deren Stelle in den Leuchter. Er betrachtete noch kurz den Leuchter, dann machte er kehrt und ging zurück zu seinem Zimmer.

Bernstein hatte sich schnell hinter der Tür verborgen, als Herr Kollau den Festsaal verließ. Nun ging auch er zurück zu seinem Zimmer, in dem sich die Gräfin mit seiner inzwischen aufgewachten Frau unterhielt.

Zu gerne hätte Bernstein miterlebt, wie Herr Kollau irgendwann später den Kerzenboden öffnen und dann nichts finden würde …Was er wohl denken würde? Man könnte fast meinen, es habe tatsächlich Gäste gegeben, die sämtliche Kerzen aus den Leuchtern nahmen, um deren Boden zu untersuchen, wie Juwlis scherzhaft bemerkt hatte.

Am anderen Morgen fuhren die Bernsteins wieder ab. Es war noch sehr früh, und Herr Kollau schlief noch; wahrscheinlich hatte er gar nicht mitbekommen, dass die Bernsteins überhaupt auf dem Schloss gewesen waren.

Arthur Bernstein war mit seinen Gedanken noch immer bei dem Fall. Dieser plötzliche Sinneswandel der Gräfin hatte ihn in großes Erstaunen versetzt, so wie auch seine Frau erstaunt war, als sie aufgewacht war und statt ihres Ehegatten plötzlich die Gräfin im Zimmer sitzen sah.

Er seufzte. So ganz zufriedenstellend war dieser Abschluss des Falles für ihn nicht, obwohl er – je länger er darüber nachdachte – den Beweggrund der Gräfin immer besser verstehen konnte. Es war für ihn auch immer befriedigend gewesen, wenn er einen Täter stellen konnte, ihn auf frischer Tat ertappen, so dass der sich nicht herausreden konnte. Häufig waren die Überführten dann auch geständig, man erfuhr etwas über deren Motive und über Einzelheiten der Taten. Bernstein hatte seine Vorstellung über die Planung und Durchführung der Tat ja dargelegt, gerne hätte er noch mehr vom Täter selbst dazu erfahren. Insbesondere hätte ihn die Frage interessiert, wie um alles in der Welt jemand auf die Idee kam, einen Ring in einer Kerze zu verstecken. Das alles würde nun für sie im Dunkeln bleiben, und sie mussten sich damit abfinden.

»Was wohl Juwlis zu diesem Ende sagen wird?«, dachte er bei sich.

Je länger die Fahrt dauerte, umso mehr kam er auf andere Gedanken, und das war gut so. Als sie schließlich ihre Detektei erreichten, hatte er den Fall mit dem Familienring innerlich abgehakt.

Neue Herausforderungen warteten jetzt auf sie.

Der Ring der Gräfin blieb übrigens auch weiterhin an seinem festen Platz in der Schublade des Wandschranks. Bernstein hatte der Gräfin versichert, dass Herr Kollau nach seinem gescheiterten Versuch, ihn aus dem Schloss zu schmuggeln, nicht noch einmal versuchen würde, ihn an sich zu bringen.

Geheimnisvolles Nachtschränkchen

Arthur Bernstein und seine Frau Margot waren auf dem Weg zu einem alten Landhaus. Es war ursprünglich Sitz einer Adelsfamilie gewesen, seit einigen Jahren allerdings in privater Hand. Sein jetziger Besitzer, ein Herr Graz, vermietete einige Zimmer des alten Gebäudes an Feriengäste. Auch die Bernsteins wollten hier eine Woche Ferien machen. Sie fuhren mit ihrem alten Wagen auf einer staubigen Landstraße, die direkt zu dem Landgut führte.

Schon aus weiter Ferne konnte man das Gebäude wahrnehmen. Es wirkte ungemein hoch und stolz in dieser kargen Landschaft. Richtete man den Blick aus größerer Entfernung auf das Anwesen, so wie die Bernsteins es gerade taten, war es wie ein Blick in die Unendlichkeit: Zu beiden Seiten des Hauses zogen sich Grasflächen in die Ebene hinein, und auch hinter dem Haus zog sich eine grüne, ebene Landschaft in die Ferne. Es gab keinerlei sonstige Vegetation außer drei schmalen, hohen Bäumen, die noch ein Stück weit hinter dem Anwesen in einer Reihe standen und deren Silhouetten sich vor dem hellen Horizont abzeichneten.

Den beiden schien bei diesem märchenhaft anmutenden Anblick einen Moment lang die Zeit stehenzubleiben. Bernstein hielt kurz den Wagen an, und die zwei ließen ihren Blick über die Landschaft schweifen. Es war ihnen fast, als seien sie in einer anderen Welt angekommen, einer, die man sonst nur aus Märchen und Sagen kannte.

»Es ist schön, dass wir endlich mal wieder zu zweit Urlaub machen können«, meinte Frau Bernstein zu ihrem Mann.

»Oh ja«, stimmte ihr Gatte zu. »Die letzten Male, bei denen ich verreist war, war ich zusammen mit Paul Juwlis unterwegs. Meistens waren wir von Leuten eingeladen, von denen wir zuvor als Detektive bei irgendwelchen Fällen beauftragt worden waren.«

»Und häufig geschah dann auch wieder irgendein Kriminalfall, so dass ihr wieder einschreiten musstet«, fügte Frau Bernstein hinzu.

»Ja, das ist wahr.«

Schließlich fuhren sie weiter auf das Gebäude zu. Sie parkten den Wagen auf dem Hof und betraten das Haus. Im hinteren Bereich der Eingangshalle stand eine Empfangstheke, hinter der der jetzige Besitzer des Gutes stand und irgendwelche Notizen kritzelte. Als er die beiden bemerkte, blickte er auf, begrüßte sie und lächelte höflich.

»Guten Tag«, sagte Bernstein, ebenfalls lächelnd. »Wir sind das Ehepaar Bernstein, wir hatten uns telefonisch angekündigt.«

Der Mann nickte. »Richtig, Ihr Zimmer ist bereits hergerichtet. Sie haben Ihres im linken Flügel.« Er holte eine Mappe hervor. »Darf ich Sie bitten, sich hier einzutragen; ich werde Sie dann gleich auf Ihr Zimmer begleiten und alles zeigen. Mein Name ist Graz, ich bin der Besitzer dieses Hauses und gleichzeitig Portier und Hotelpage.«

Nachdem die Formalitäten erledigt waren, gingen sie eine Treppe, die gleich hinter der Theke war, hinauf in den ersten Stock. Dabei kam ihnen ein junges Ehepaar entgegen, das wohl gerade dabei war, den Aufenthalt zu beenden, denn der junge Mann schleppte mühsam zwei schwere Koffer die Treppe herunter.

»Ganz schön viele Stufen«, meinte er schnaufend und grüßte die Neuankömmlinge höflich.

Im ersten Stock angekommen, wurden sie vom Gutsbesitzer in den linken Flügel geführt. Das erste Zimmer dort war gerade frei geworden; im mittleren Zimmer sollten sie selber untergebracht werden, und das letzte war vom Ehepaar Leonhardt belegt.

Nachdem Herr Graz ihnen noch ein paar Einzelheiten erklärt hatte, hatte er sie in ihrem neuen Zimmer alleingelassen. Es hatte – wie alle Zimmer im ersten Stock – einen herrlichen Ausblick auf die Landschaft, die hinter dem Anwesen lag. Man sah auf eine unendlich weite, grasgrüne Fläche hinaus, unbeschreiblich schön und märchenhaft. Einsam und stolz standen jene drei Bäume in der weiten Ebene.

»Ich glaube, hier können wir uns erholen«, meinte Bernstein andächtig zu seiner Frau, nachdem sie eine Weile schweigend am Fenster gestanden hatten.

Der Rest des Tages verlief für das Ehepaar Bernstein – zum ersten Mal seit langer Zeit wieder – sehr ruhig und entspannend. Das Detektivbüro Bernstein & Juwlis hatte in der letzten Zeit Unmengen an Aufträgen gehabt. An Urlaub war lange Zeit nicht zu denken gewesen. Nun aber sollte hier in diesem idyllisch gelegenen Hotel alles nachgeholt werden. Ausflüge, Spaziergänge, Erkundungstouren mit ihrem Wagen, alles das war fest eingeplant. Lediglich für den Rest des Ankunftstages blieben sie die meiste Zeit in ihrem Zimmer. Nur zum Essen begaben sie sich in den Speisesaal im rechten Teil des Erdgeschosses. Dabei lernten sie ihre neuen Zimmernachbarn, das Ehepaar Botho und Katja Leonhardt, kennen, zwei ältere, nette Leute, die am Vortag angereist waren.

Am nächsten Morgen wachten Bernsteins früh auf. Sie wollten gerade Pläne für den Tag schmieden, als sie draußen auf dem Gang Stimmengemurmel hörten. Es war Botho Leonhardt, der offenbar mit Herrn Graz im Gespräch war. Bernstein lauschte gespannt; Leonhardt klang sehr aufgebracht und Graz versuchte, ihn zu beruhigen.

Nach einer Weile klopfte es an ihre Zimmertür. Es war

Leonhardt, der sichtlich mitgenommen war. Herr Graz stand im Hintergrund und wirkte etwas verlegen. Herr Leonhardt kam ohne Umschweife zur Sache.

»Guten Morgen. Bitte entschuldigen Sie die Störung, aber könnte ich Sie einen Moment sprechen? Mir ist etwas gestohlen worden.« Er sprach abgehackt und eindringlich, so als stünde er unter Schock.

»Ja, bitte«, meinte Bernstein nach kurzer Überlegung. »Möchten Sie hereinkommen?«

»Nein, nein«, meinte Leonhardt abwehrend, »wir sind ja hier unter uns ... Stellen Sie sich vor, mir ist heute Nacht ein Ring aus meinem Nachtschränkchen gestohlen worden – und es war niemand in unserem Zimmer! Ich habe soeben schon Herrn Graz informiert ...«

»Lassen Sie uns das besser in unserer Sitzecke in meinem Zimmer klären«, sagte Bernstein.

Wenig später saßen sie zu dritt in Bernsteins Zimmer: der Gutsherr, der Detektiv und das Diebstahlsopfer. Herr Leonhardt hatte Bernstein mittlerweile offiziell gebeten, den Fall zu übernehmen. Bei ihrem gestrigen Kennenlernen hatte er erfahren, dass Bernstein Detektiv war. Frau Bernstein hatte sich unterdessen auf einen Spaziergang in der Umgebung gemacht. Nun würde aus dem eigentlich geplanten Urlaub wohl doch nichts werden.

Herr Leonhardt begann mit seinem Bericht. Er hatte seinen Schmuck in die untere Schublade seines Nachtschranks gelegt. Als er heute Morgen wieder hineinschaute, fehlte ein Ring.

»Der übrige Schmuck war noch da?«, wollte Bernstein wissen.

»Ja, vollständig! Der Ring war noch nicht einmal der wertvollste ... Die goldene Uhr war viel wertvoller ...« Er machte mit den Armen eine ratlose Geste.

»Entschuldigen Sie die Frage, aber sind Sie ganz sicher,

dass jener Ring auch in der Schublade lag, Sie ihn also nicht etwa verlegt haben?«

»Nein, ganz bestimmt nicht«, versicherte Leonhardt, »ich habe die Situation doch noch ganz genau vor mir, wie ich die Sachen gestern Abend in der Schublade verstaute.«

Bernstein grübelte ein wenig vor sich hin. »Sie sagten, Sie haben niemanden in Ihr Zimmer gehen sehen. Können Sie das hundertprozentig ausschließen? Waren Sie die Nacht über denn wach?«

»Ich kann es hundertprozentig ausschließen! Ich habe nur am Anfang die Augen zugemacht und gedöst; meine Frau war bereits eingeschlafen. Ich habe dann kurz vor Mitternacht die Schublade aufgemacht, weil ich auf die Uhr sehen wollte, und da war der Ring – soweit ich mich entsinnen kann – noch da! Danach bin ich nicht mehr eingeschlafen, sondern habe mich mit meiner Frau unterhalten. Und heute Morgen habe ich dann entdeckt, dass der Ring fehlt!«

»Aber ganz sicher können Sie es auch nicht ausschließen, dass der Ring gestohlen wurde, während Sie schliefen ...«

Herr Leonhardt war sichtlich erregt. »Ich habe einen sehr leichten Schlaf ...« Er schüttelte energisch den Kopf. »Ich hätte es mit Sicherheit bemerkt, wenn jemand in mein Zimmer gekommen wäre und den Ring aus der Schublade genommen hätte. Völlig geräuschlos ist sie ja auch nicht.«

Er machte eine hilflose Geste.

»Also, ich schlage vor, wir schauen uns den Tatort einmal an«, meinte Bernstein nach einer kurzen Pause.

Sie gingen zu dritt zum Zimmer der Leonhardts. Es war genauso eingerichtet wie die übrigen Zimmer im ersten Stock: Es gab ein Bett sowie ein dazugehöriges Nachtschränkchen, einen großen Schrank für Kleider sowie eine Sitzgelegenheit mit alten Sesseln. Eine Seitentür führte in ein kleines Badezimmer.

Bernstein machte sich, nachdem er Frau Leonhardt begrüßt hatte, gleich daran, das Nachtschränkchen zu untersuchen. Es war ein einfaches, solide verarbeitetes Möbel mit nur zwei Schubladen. In der oberen befanden sich momentan Karten, Pässe und weitere persönliche Dinge der Leonhardts. In der unteren Schublade befanden sich ausschließlich Uhren und Schmuck.

Nachdenklich betrachtete Bernstein die Dinge in der unteren Lade. Besonders die bereits erwähnte goldene Uhr sah sehr wertig aus.

»Wie teuer ist diese Uhr etwa?«, wandte er sich schließlich an Leonhardt.

»Oh, ein kleines Vermögen – etwa 60.000 Mark – hat sie mich gekostet.«

60.000 – diese Zahl musste Bernstein erst mal verarbeiten. Wenn die anderen Gegenstände ebenso viel wert waren, war es verständlich, dass Leonhardt einen leichten Schlaf hatte ...

»Und wie wertvoll sind die anderen Sachen?«, fragte der Detektiv weiter.

Herr Leonhardt musste nachdenken. »Hier, diese Krawattennadeln sind ein Vielfaches des Ringes wert, aber die anderen Gegenstände sind etwa von gleichem Wert wie der gestohlene Ring.«

»Und wie teuer war der Ring?«

»Den genauen Preis weiß ich leider nicht mehr; es war aber ein gewöhnlicher Ring, wie man ihn bei einem Juwelier kaufen kann; er kostete wohl etwas über hundert Mark. Er hat aber ideellen Wert.«

Wieder grübelte Bernstein. Warum ließ ein Dieb einen weniger wertvollen Ring mitgehen, während einige andere Gegenstände in der Lade ein Vielfaches wert waren? Nun, ein Dieb kannte den genauen Wert möglicherweise nicht. Warum hatte er dann nicht alle oder mehrere Gegenstände mitgenommen? Hatte er keine Zeit gehabt? War er gar zu aufgeregt oder zu genügsam gewesen? Vorläufig war jede Theorie denkbar.

Nun untersuchte der Detektiv das Nachtschränkchen eingehender. Dabei machte er eine Entdeckung, die ihn auf einen eigenartigen Gedanken brachte. Das Schränkchen hatte nämlich keinen Boden. Zudem schlossen die Laden nicht völlig mit dem Rückraum des Möbels ab; es befand sich dort ein schmaler Spalt von wenigen Zentimetern. Wäre also die Schublade überfüllt und etwas fiele »nach hinten raus«, würde es auf dem Teppichboden unter dem Schränkchen landen. Bernstein machte seinen Auftraggeber darauf aufmerksam. Dann nahmen sie das Schränkchen von seinem Platz fort und untersuchten den Teppichboden darunter. Nein, es lag definitiv kein Ring dort; der Boden hier hatte auch keine allzu langen Fransen, man hätte den Ring sofort bemerkt. Bernstein lächelte in sich hinein, als ihm ein weiterer Gedanke kam. War hier womöglich eine verborgene Luke im Boden, die man vom unteren Stockwerk aus hätte aufklappen und so den Ring entnehmen können? Gewissenhaft prüfte der Detektiv noch einmal den Boden. Es waren keine Andeutungen für eine Luke erkennbar, allerdings wären die auch kaum auffindbar gewesen, denn durch den Teppich wären die Umrisse praktisch unsichtbar geworden.

Bernstein erzählte seinen Begleitern vorerst nichts von seiner Idee, behielt sich aber vor, bei Gelegenheit die Decke des darunterliegenden Stockwerks eingehender zu betrachten.

Auch den großen Schrank betrachtete der Detektiv sehr interessiert. Er stand an der Wand, die Leonhardts Zimmer von dem Nachbarzimmer trennte. Es war ein gewaltiges Möbel, aus dunklem Holz gezimmert und bestimmt drei Meter breit und etwa 70 Zentimeter tief. Im linken

Teil, der etwa ein Drittel der Breite einnahm, waren eine Tür und darunter zwei Schubladen angebracht. Die restlichen zwei Drittel verbargen sich hinter zwei gigantischen Schranktüren, die das Möbel optisch »dominierten«. Er öffnete sie probeweise. Rechts hingen Mäntel, links waren weitere Kleidungsstücke großzügig in vier Fächern untergebracht. Bernstein nahm einen der Mäntel beiseite, um die hintere Schrankwand zu überprüfen; es fand sich nichts Auffälliges.

Schließlich sah sich der Detektiv noch im Badezimmer um. Es hatte nur ein sehr kleines Fenster; höchstens ein sehr schlanker Mensch hätte sich hier hindurchzwängen können, aber wenn man Herrn Leonhardt Glauben schenken durfte, was seinen »leichten« Schlaf betraf, hätte sich kaum jemand unbemerkt hier durchwinden können.

Bernstein saß mit seiner Frau in ihrem gemeinsamen Zimmer und grübelte mit geschlossenen Augen vor sich hin. Es war mittlerweile Abend geworden, lange romantische Schatten wurden von der tieferstehenden Sonne über die Ebene hinter dem Haus geworfen. Aber jetzt war keine Zeit, sich dafür zu begeistern.

Es gab in diesem Fall einige Schwierigkeiten. Da war zum einen die Sache mit dem »leichten« Schlaf. Konnte man Herrn Leonhardt glauben, dass er es bemerkt hätte, wenn jemand nachts in sein Zimmer gekommen wäre? Und vorausgesetzt, man könnte dies glauben, wie sollte dann jemand den Ring aus dem Schränkchen gestohlen haben? Konnte sich jemand in dem Zimmer versteckt haben? Einer, der dann in der Nacht heimlich das Schränkchen aufmachte und den Ring entnahm? Aber wie war er dann unbemerkt aus dem Zimmer gekommen? Das hätte Leonhardt dann ja hören müssen, wenn jemand aus der Tür hinausging ...

Andererseits bot das Zimmer auch keine großartigen

Versteckmöglichkeiten; am ehesten wohl noch den riesigen Schrank. Aber es müsste schon ein ziemlich »verrückter« Dieb sein, wenn er einen solchen Aufwand unternahm, um etwas zu stehlen ...

Das eigentlich Sonderbare an diesem Fall war, dass es scheinbar keine realistische Möglichkeit gab, wie sich diese Tat abgespielt haben mochte.

Ein weiteres Problem bestand darin, dass die Leonhardts am folgenden Tag abreisen mussten. Bernstein hatte aber mit seinem Auftraggeber bereits vereinbart, den Fall in dessen Abwesenheit weiter zu bearbeiten und ihn über alle Erkenntnisse telefonisch auf dem Laufenden zu halten.

Um der Palette von Schwierigkeiten gewissermaßen die Krone aufzusetzen, fehlte auch noch Paul Juwlis. Sein Kompagnon, mit dem er unzählige knifflige Fälle gelöst hatte, verbrachte seinen Urlaub in einem Hotel am Bodensee – vermutlich ohne sich den Kopf über schwierige Fälle zerbrechen zu müssen.

Während er so dasaß und grübelte, kam ihm der Gedanke, ob er Juwlis nicht einfach fragen sollte, ihm hier zu helfen. Bei einem solch komplexen Fall war die Hilfe seines Partners nicht zu unterschätzen.

Schließlich fasste Bernstein den Entschluss, es zu versuchen – mehr als eine Absage hatte er ja nicht zu befürchten.

Er ging zum Telefon und kramte den Zettel mit der Nummer des Hotels aus der Tasche. Kurz darauf hatte er die Stimme seines langjährigen Kollegen am Ohr.

»Hallo, ich bin es, Bernstein. Ich will nicht lange drum herumreden – könnten Sie sich vorstellen, Ihren Urlaub abzubrechen und mir bei einem verzwickten Fall zur Seite zu stehen?«

Überraschenderweise war Juwlis nach kurzem Überlegen einverstanden.

»Sie glauben gar nicht, wie hier im Hotel die Verhältnisse sind!« Ein Stöhnen drang durch die Leitung. »Man kann hier kein Auge zumachen, weil nebenan eine Parkanlage gebaut wird! Und das Essen ist auch katastrophal. Nein, ich helfe Ihnen gern.« Juwlis überlegte kurz. »Ich denke, ich könnte übermorgen da sein ... Soll ich mich als normaler Gast anmelden oder als Detektiv?«

Bernstein überlegte kurz. Nun, vielleicht könnte sich ein Inkognito seines Partners als nützlich erweisen.

Sie einigten sich schließlich darauf, dass Juwlis als normaler Gast im Haus Graz erscheinen sollte.

Bernstein blieb noch eine Weile wach und grübelte über den Fall nach, ohne jedoch Ergebnisse zu erzielen. Er war so intensiv mit diesem neuen Fall beschäftigt, dass er ihn mit in den Schlaf nahm.

Ja – in dieser Nacht träumte der Detektiv tatsächlich von dem Haus Graz. Und es war ein seltsamer Traum. Das Haus erschien ihm unwahrscheinlich groß und die Bewohner darin unverhältnismäßig klein. Wie Winzlinge bewegten sie sich im Haus voran. Dabei schien es Bernstein, als wolle ihm diese ganze Szenerie etwas verraten, als wollten ihm die Bewohner gerade durch ihre Winzigkeit unbedingt etwas mitteilen.

Aber Bernstein verstand sie nicht. Und er verstand sie immer noch nicht, als er am nächsten Morgen aufwachte und über den Traum nachgrübelte.

Was sollte das bedeuten? Ein riesiges Haus, in dem die Bewohner winzig klein wirkten? Und vor allem: Hatte es irgendwie mit diesem Fall zu tun, und wenn ja, wie?

Im Laufe des Morgens kamen dem Detektiv nach und nach andere Gedanken, die sich konkret auf den Fall bezogen. Dennoch behielt er den nächtlichen Traum im Hinterkopf.

Sein erster Weg führte den Detektiv in den Raum, der

sich direkt unter dem Zimmer der Leonhardts befand. Es war das Lesezimmer, das die gesamte Breite des linken Flügels einnahm. Bernstein schaute sich den Teil der Decke an, über dem in etwa jenes Nachtschränkchen aus Leonhardts Zimmer stehen müsste. Nein, da war nichts – hier hätte definitiv niemand von unten ins darüber gelegene Stockwerk greifen können. Die Decke bot eine einheitliche, hellgraue Fläche ohne irgendwelche verdächtigen Ritzen oder Ähnliches.

Als Nächstes besuchte Bernstein die Leonhardts in ihrem Zimmer. Sie waren bereits dabei, die Sachen zu packen für den Auszug.

Mit Genehmigung der Leonhardts untersuchte der Detektiv das Zimmer gründlich. Er rückte das Nachtschränkchen zur Seite und klopfte auf den darunter befindlichen Boden. Nein, es klang nicht irgendwie hohl, sondern genauso wie auf jedem anderen Bereich des Zimmerbodens. Dann zog Bernstein die untere Schublade heraus, also jene, in der der Ring gelegen hatte. Wenn man ganz langsam an ihr zog, war sie nahezu geräuschlos.

Dann untersuchte Bernstein den riesigen Schrank. Er war bereits ausgeräumt worden. Bernstein öffnete noch einmal die Schranktüren. So leer, wie es jetzt dastand, wirkte das alte Möbelstück noch gewaltiger. Bernstein holte seine Lupe hervor und ging in den Schrank hinein. Er suchte alles nach Spuren ab. Wenn sich hier jemand längere Zeit aufgehalten hatte, hatte er möglicherweise irgendetwas von sich abgestreift oder etwas verloren.

Dann untersuchte er die Rückwand des Schranks. Ihm war nämlich ein eigenartiger Gedanke gekommen. Er hatte sich vorgestellt, dass möglicherweise jemand in einem Hohlraum in der Wand gestanden haben und dann im rechten Moment durch eine Art Tapetentür in den Schrank gegangen sein konnte. Das klang natürlich zu phantastisch, aber Bernstein wollte zumindest alles überprüft haben; immerhin waren die Wände hier im Haus ziemlich dick. Die Hinterfront des Möbels war jedoch eindeutig unbeschädigt; hier hatte niemand eine verborgene Tür oder dergleichen angebracht.

Als er mit der Untersuchung des Zimmers fertig war, verabschiedete er sich von den Leonhardts.

»Ich kann Ihnen keine allzu großen Hoffnungen machen«, meinte er nüchtern. »Ich sehe bis jetzt immer noch keine nachvollziehbare Möglichkeit, wie Ihnen der Ring gestohlen worden sein kann.«

»Tja, dann ist es halt so«, meinte Leonhardt traurig. »Der Ring hatte für mich sehr hohen ideellen Wert, er stammte von meinem Urgroßvater. Würden Sie trotz meiner Abwesenheit weiter forschen?«

Bernstein nickte. »Das will ich gerne machen. Ich werde Sie über alles Wesentliche auf dem Laufenden halten.«

Er begleitete die beiden hinunter in den Eingangsbereich, wo Herr Graz sie noch um Unterschriften für Formulare bat.

»Es tut mir leid für Sie, dass Ihnen dies ausgerechnet hier geschehen musste«, meinte er, ohne von seinen Formularen aufzusehen. »Wahrscheinlich haben Sie sich den Urlaub hier anders vorgestellt.«

Das Ehepaar nickte nur traurig. Alsdann verabschiedeten sie sich und gingen hinaus auf den Hof, wo ein Taxi auf sie wartete.

Bernstein war ebenfalls mit auf den Hof hinausgegangen, dann aber den Weg, der vom Grundstück wegführte, allein weitergegangen. Ungefähr 500 Meter von dem großen Haus entfernt setzte er sich auf eine Bank. Von hier aus konnte man das Anwesen wunderschön überblicken, das Haus selber und die dahinter sich endlos ausdehnende Ebene. Aber Bernstein war aus einem anderen Grund hier. Er wollte Abstand gewinnen von den Problemen, die ihm bei diesem Fall zu schaffen machten. Wenn man mit einem Fall nicht weiterkam, so hatte es sich schon oft als nützlich erwiesen, einen Ortswechsel vorzunehmen – häufig betrachtete man die Schwierigkeiten dann mit ganz anderen Augen und fand relativ schnell verblüffende Antworten auf Fragen, an denen man sich zuvor festgebissen hatte. Er starrte in die Ferne, ließ den Blick über die Mauern des Hauses schweifen, dann weiter über die Ebene. Ihm fiel sein nächtlicher Traum wieder ein. Tatsächlich wirkte das Gebäude auch bei Lichte betrachtet groß und eindrucksvoll, aber dies lag möglicherweise auch daran, dass es in seiner Umgebung kaum andere größere Dinge gab.

Aber immer noch kam Bernstein mit dem Fall nicht voran; genauso wenig, wie er den Traum deuten konnte.

Als merkwürdig empfand er allerdings das Verhalten des Gutsbesitzers, Herrn Graz. Man hatte bei ihm nicht den Eindruck, als wäre er wirklich an der Aufklärung dieses Falles interessiert, auch wenn er nach außen hin sein Bedauern zum Ausdruck gebracht hatte. Dabei hätte er eigentlich ein Interesse daran haben sollen, denn die Tat war immerhin in seinem Haus geschehen, und einer seiner Gäste war das Opfer.

Nach einer Weile ging der Detektiv gedankenverloren zum Haus zurück. Schweigend und in sich gekehrt betrat er die Treppe, die zum ersten Stock führte.

Während er so hinaufstieg, geschah etwas Seltsames. Er musste plötzlich an jene Begegnung mit dem jungen Pärchen vom Vortag denken—und an das, was der junge Mann zu ihnen gesagt hatte.

»*Ganz schön viele Stufen*« – das waren seine Worte gewesen.

Und mit einem Mal begann es in Bernsteins Hirnwindungen zu rauschen. Irgendeine Eingebung machte ihm klar, dass dieser harmlos klingende Satz ihn bei diesem rätselhaften Fall zur Lösung führen sollte.

Bernstein blieb vor Aufregung mitten auf der Treppe stehen.

Was war denn das Besondere an dem Satz? Was besagte er? »*Ganz schön viele Stufen*« – nüchtern betrachtet bedeutete dieser Satz ja nur, dass die Treppe recht groß war ...

Aufgeregt fasste sich Bernstein an den Kopf ... *die Treppe recht groß ... möglicherweise größer als normal ...* Er grübelte und grübelte ...

Und dann war es so weit – Bernstein *wusste* jetzt, wo das Geheimnis dieses Hauses und dieses ganzen Falles lag. Ja – er war sich nun sicher. Jetzt rasten die Gedanken förmlich durch seinen Kopf. Ja – so musste es sein ... das riesige, hohe Haus, die kleinen Menschen ... jetzt passte alles zusammen ...

Er ging raschen Schrittes nach oben, wollte zu seinem Zimmer – und blieb mitten auf dem Treppenabsatz stehen.

Ein Gedanke kam ihm, eine Idee, wie man vielleicht vorankommen könnte.

Er ging wieder hinunter ins Erdgeschoss und auf die Rezeption zu. Vorsichtig schaute er sich um; es war niemand zu sehen. Dann trat er hinter die Theke und holte das Buch hervor, in das die Gäste sich hatten eintragen müssen. Rasch blätterte er darin herum, bis er gefunden hatte, wonach er suchte.

Er hatte nach den Namen der Gäste gesucht, die vor den Leonhardts in deren Zimmer beherbergt worden waren, und sich eine entsprechende Liste gemacht. Er wollte sich mit diesen ehemaligen Gästen einmal in Verbindung setzen.

Nach einer Weile war er dann endlich in seinem Zimmer angekommen. Seine Frau hatte es sich in einem Lehnstuhl bequem gemacht und las in einem Buch.

»Hallo, Margot«, begrüßte der Detektiv seine Gattin und lächelte ein wenig gequält. »Nun fällt wohl wieder ein Urlaub ins Wasser, weil ich ein Rätsel knacken muss.«

Margot Bernstein hatte sich ihren Urlaub natürlich auch anders vorgestellt. Die Aussicht, dass ihr Mann – wieder einmal – während der Ferien an einem Kriminalfall arbeiten würde, hatte sie zwar nicht begeistert, aber auch nicht allzu sehr überrascht. Arthur Bernstein war mit Leidenschaft Detektiv, und wenn ein spannender Fall in der Luft lag, dann konnte er ihn nicht ausschlagen. Sie wusste aus Erfahrung, dass es nichts, aber auch gar nichts bringen würde, zu versuchen, ihm irgendeinen Auftrag auszureden, wenn er erst mal an einem dran war. Auch die Aussicht auf noch so erholsame Ferientage brachten Bernstein nicht von seinen Fällen ab. Sie machte ihm daher auch keine Vorwürfe, dass diesmal wieder nichts aus dem Urlaub werden würde.

»Ich habe es schon kommen sehen, als die Herren an dich herantraten«, meinte sie ebenfalls lächelnd. »Aber vielleicht bleiben ja doch noch ein paar entspannende Tage.«

An Entspannung war vorerst nicht zu denken. Morgen würde also Paul Juwlis hier eintreffen. Es galt, einen Plan zu schmieden, wie man gemeinsam diesen Fall lösen könnte. Bernstein hatte sich mittlerweile mit einigen der Vorbewohner von Leonhardts Zimmer unterhalten und dabei Interessantes herausgefunden: Bei zwei weiteren Gästen, die in jenem Raum übernachtet hatten, war ebenfalls etwas aus jenem Nachtschränkchen abhandengekommen, und unter den gleichen mysteriösen Umständen wie bei den Leonhardts. Sie hatten seinerzeit ebenfalls darauf verzichtet, die Polizei einzuschalten. Er notierte sich die Namen der bestohlenen Gäste: Nenninger und Garsik.

Bernstein fieberte indes der Nacht entgegen. Wenn alles dunkel war, wollte er etwas erkunden – etwas, von dem er die endgültige Klarheit, die endgültige Aufklärung über diesen rätselhaften Fall erwartete.

Bernstein wartete bis Mitternacht. Es war überall stockdunkel, als er leise aus dem Zimmer schlich. Seine Frau schlief schon lange ruhig in ihrem Bett. Er trat hinaus auf den Flur. Er ging zur Treppe und stieg sie hinab. Kurz bevor er unten ankam, knarzte sie leise.

Was nun folgte, war der schwierigste Teil. Bernstein begab sich in den Personalraum, der sich gleich links hinter dem Empfang befand und für die Gäste natürlich nicht zu betreten war. Vorsichtig machte Bernstein die Tür des Raumes hinter sich zu und knipste eine kleine Lampe an, die er bei sich hatte.

Wenn ihn jetzt jemand hier überrascht hätte, dann hätte er sich nicht herausreden können, das war klar. Ein zufällig Zusehender hätte keine sinnvolle Erklärung für Bernsteins Verhalten gefunden. Der Detektiv musste einfach darauf hoffen, nicht ertappt zu werden – eine andere Möglichkeit gab es nicht.

Vorsichtig leuchtete Bernstein in dem Raum umher. Die Lampe gab nur einen schwachen Schein.

Noch hatte er nicht gefunden, wonach er suchte. In der Mitte des Raumes waren Regale nebeneinandergereiht, vollbepackt mit Büchern, Akten und Büroutensilien. Der Detektiv ging an den Regalen vorbei und schaute sich im restlichen Teil des Raumes um.

Und dann sah er es. Er hatte gefunden, wonach er fieberhaft gesucht hatte.

Tief in Gedanken verloren ging Bernstein auf sein Zimmer zurück. Er wusste jetzt die Antwort auf das Rätsel dieses Hauses. Ja, er wusste, was hinter dem Diebstahl des Ringes und den anderen Taten steckte – und er wusste, wer dafür verantwortlich war. Und ganz langsam nahm ein Plan in seinem Kopf erste Formen an. Ein Plan, wie man den Urheber für diese Taten überführen konnte.

Voraussetzung für das Gelingen dieses Planes war, dass Paul Juwlis das ehemalige Zimmer der Leonhardts bekommen musste und der Täter keinen Verdacht schöpfen durfte. Bernstein hatte mit Juwlis bereits ein zweites Mal telefoniert und ihn in seinen Plan eingeweiht. Juwlis sollte sich als reicher Juwelier ausgeben, der auf der Durchreise war und hier im Haus kurz Zwischenstation machen wollte. Juwlis würde voraussichtlich gegen Mittag eintreffen; da gegenwärtig alle anderen Zimmer belegt waren, würde er wohl das Zimmer der Leonhardts erhalten. Bernstein und seine Frau würden dann im Laufe des Nachmittages abreisen, so dass der vermeintliche Täter zuschlagen konnte, ohne befürchten zu müssen, dass erneut ein Detektiv die Ermittlungen aufnehmen würde.

»Ihre Aufgabe wird es sein, wach zu bleiben. Sie müssen in die Nacht hineinhorchen; möglicherweise werden Sie etwas hören, wenn Sie die Ohren spitzen.« Mit diesem geheimnisvoll klingenden Satz hatte Bernstein das Telefonat mit Juwlis beendet. Und Juwlis war bereit, die Nacht durchzuwachen.

Im Laufe des Morgens packten die Bernsteins ihre Sachen zusammen, um für die Abreise fertig zu sein. Der Detektiv machte sich danach auf, um mit Herrn Graz die Abreiseformalitäten zu klären. Er gab sich desillusioniert, als er das Gespräch auf den Diebstahl des Ringes lenkte.

»Tja, ich hätte gern Herrn Leonhardt eine gute Nachricht überbracht; nun muss ich ihm leider mitteilen, dass auch ich nicht hinter diesen rätselhaften Vorgang geblickt habe. Ich werde ihn später noch anrufen und es ihm mitteilen.«

Herr Graz hob lächelnd die Hände, als ob er ihn beruhigen müsse.

»Er wird Ihnen sicherlich keine Vorwürfe machen«, meinte er beschwichtigend. »Der Fall scheint wohl unlösbar zu sein. Ich halte es für das Wahrscheinlichste, dass

Herr Leonhardt den Ring selber verlegt oder ihn verloren hat. Möglicherweise hat er sich nur eingebildet, den Ring in das Nachtschränkchen gelegt zu haben, weil dies so seine Gewohnheit war.«

»Ja, das wäre gut möglich«, gab sich Bernstein nachdenklich. Erneut hatte er den Eindruck, Graz wolle den Fall herunterspielen.

Gegen Mittag traf dann wie erwartet Paul Juwlis ein. Er war wie abgesprochen sehr vornehm gekleidet und trug einen wertvollen Ring. Er hatte aber auch darauf geachtet, nicht zu dick aufzutragen und keine Reichtümer sichtbar mit sich herumzuschleppen. Wie erhofft, bekam er das ehemalige Zimmer der Leonhardts. Mit den Bernsteins tauschte er lediglich ein paar höfliche Begrüßungsfloskeln aus, als er ihnen im Flur begegnete. Nun bereitete er sich in seinem Zimmer auf den Plan vor. Der Plan sah vor, dass der Täter auf frischer Tat ertappt werden sollte. Zu seinem Gelingen hatte Bernstein Juwlis gebeten, ein Stofftier zu besorgen und hierher mitzubringen.

Gegen Nachmittag reisten dann die Bernsteins ab. Der Detektiv steuerte das Auto nur so weit, bis es vom Haus aus nicht mehr gesehen werden konnte. Dann stieg er aus – seine Frau fuhr allein in die nächstgelegene Ortschaft. Gedankenverloren lenkte Bernstein seine Schritte zu einer Bank am Wegesrand. Er wollte noch einmal den Plan durchgehen. *Dass* er gelingen würde, falls der Täter in der Nacht zuschlagen sollte, davon war der Detektiv überzeugt. Man musste nur darauf hoffen, dass er es tun würde ... Für das »Lockmittel« war ja gesorgt: Juwlis wirkte wahrlich wie jemand, der einiges an wertvollen Dingen in seiner Schublade zu verstauen hatte.

Es war jetzt kurz nach Mitternacht. Paul Juwlis lag im Bett seines Zimmers und starrte fast ununterbrochen auf jenes ominöse Nachtschränkchen. Gleich hinter seinem Kopf stand ein kleines Stofftier auf der Kopfleiste des Bettes. Er hatte bis jetzt noch kein Auge zugemacht, es auch nicht versucht. Der Plan sah vor, dass er wach blieb, sonst würde er nicht gelingen. Und er musste natürlich leise sein. Auf dem Nachtschränkchen hatte er seine Fotokamera platziert. Angestrengt lauschte er in die Nacht. War nicht irgendein Laut zu hören, ein winzig kleines Geräusch nur, das ankündigte, dass jetzt gleich etwas geschehen würde? »Möglicherweise werden Sie etwas hören, wenn Sie die Ohren spitzen« – diese Worte seines Partners Bernstein hatte Juwlis im Hinterkopf, während er nun lauschte. Nun, die früheren Opfer hatten ja nie irgendetwas gehört, während ... Plötzlich hielt er den Atem an. Hatte er sich getäuscht? Da war ein winziger Laut zu hören gewesen ... und nun fiel das Stofftier herunter!

So leise wie möglich nahm der Detektiv seine Fotokamera in die Hände und beugte sich vor das Nachtschränkchen. Er musste bereit sein. Jetzt hörte er einen metallischen Klang und drückte auf den Auslöser.

Zum gleichen Zeitpunkt ließ Bernstein in einem kleinen Gang unterhalb des ersten Stockwerkes eine Taschenlampe aufleuchten, in dessen Schein ein zu Tode erschrockener Herr Graz gerade dabei war, seine Hand aus einer Öffnung herauszuziehen, die sich in der Decke des Ganges befand.

»Was in aller Welt machen Sie denn hier?«, schrie er dem Detektiv entgegen, nachdem er seine Fassung wiedergefunden hatte.

»Ich habe Ihnen aufgelauert und Sie auf frischer Tat ertappt«, entgegnete Bernstein sachlich. »Sie betreiben diesen Gang schon längere Zeit, um durch diese Öffnung Wertgegenstände aus der Schublade des Nachtschränkchens zu stehlen. Die Klappe hier befindet sich direkt unter dem Nachtschrank. Ich habe mit mehreren Personen gesprochen, denen ebenfalls Gegenstände aus dieser Schublade gestohlen wurden.«

»Gar nichts habe ich«, keifte der Hausbesitzer zurück. »Aber Sie sind hier unberechtigt. Sie haben sich bereits abgemeldet und dürfen hier gar nicht mehr sein.«

»Stimmt«, meinte Bernstein gelassen. »Aber ich wollte Sie auf frischer Tat ertappen, und es ging nur so. Einer musste Ihr Treiben beenden.«

Plötzlich drang die Stimme von Paul Juwlis aus dem oberen Stockwerk zu ihnen herunter.

»Ist dort unten alles klar?«, fragte er vorsichtig.

»Ja, ja«, antwortete Bernstein, »kommen Sie runter in die Eingangshalle.« Er wandte sich wieder an Herrn Graz. »Am besten, wir verlassen diesen Gang und gehen auch dorthin.«

Graz antwortete nicht. Er machte die Öffnung mit einer Luke zu und versperrte sie zusätzlich mit zwei dicken Holzteilen, die sich ohne Zwischenraum unter die Luke schieben ließen. Beides ging nahezu geräuschlos vor sich.

Dann krochen sie den Gang zurück – er endete ebenfalls in einer Luke, die in den Personalraum führte. Dort angekommen, begaben sie sich in die Eingangshalle, wo Juwlis bereits aufgeregt auf sie wartete.

Bernstein machte eine kurze Handbewegung zu seinem Kompagnon hin, mit der er ihm andeutete, dass alles in Ordnung war. Dann wandte er sich an Graz, der ihm schweigend gefolgt war.

»Wir sind beide Detektive«, klärte er ihn auf. »Mein Kollege Paul Juwlis hat sich nur als Juwelier ausgegeben, um Sie zur Tat zu motivieren. Wir wollten Sie überführen, denn mir ist gestern klar geworden, wie Sie den Diebstahl an Herrn Leonhardt und auch an mehreren anderen verübt haben.«

»Was wollen Sie nun machen?«, brach Graz endlich sein Schweigen. »Ich selber kenne zwar den Gang, aber ich habe ihn nie für Diebstähle benutzt.« Er wirkte wieder etwas gefasster. Sah er für sich noch eine Möglichkeit, alles abzustreiten?

Bernstein sah ihn eindringlich an. »Wer außer Ihnen hätte denn sonst die Möglichkeit gehabt, hier des Nachts auf diese Art und Weise Dinge aus einer Schublade zu stehlen?«

»Es ist ja gar nicht sicher, dass die Dinge auf diese Weise gestohlen wurden«, meinte Graz. »Ich sagte doch schon, dass die Sachen auch verlegt worden oder sonst wie abhandengekommen sein könnten.«

»Das kann doch nicht sein«, fuhr Bernstein ihn an. »Ich kann Ihnen zwei weitere Personen nennen, die sich sicher sind, dass ihnen Dinge aus eben dieser Schublade gestohlen wurden, Herrn Nenninger und Herrn Garsik. Eine Schublade, unter der sich eine Klappe zu einem Gang befindet! Es ist völlig klar, dass die Gegenstände auf diese Weise gestohlen wurden, und diese Tat können nur Sie durchgeführt haben! Wer sollte denn von diesem Gang wissen?«

Sie hatten sich mittlerweile in die Sitzecke im Eingangsbereich begeben und dort Platz genommen. Juwlis hielt sich während des Gespräches zurück; es war ja vor allem sein Partner, der die Hintergründe des Falles kannte.

»Ich bin mehr oder weniger durch Zufall dahinter gekommen, was es mit diesem Haus auf sich hat«, fuhr Bernstein fort. »Erinnern Sie sich noch an den Gast, der uns bei unserem Eintreffen auf der Treppe entgegenkam? Er klagte, wie viele Treppenstufen doch hier seien ... Erst viel später wurde mir die eigentliche Bedeutung dieses Satzes bewusst: Die Deckenhöhe des Erdgeschosses passte nicht zu diesen vielen Stufen – es musste noch irgendetwas zwischen dem Erdgeschoss und dem ersten Stock liegen. So kam ich auf die Idee, da könnte sich ein Gang befinden.«

Sie schwiegen eine Weile. Schließlich machte Bernstein einen Vorschlag.

»Ich habe mit Herrn Leonhardt vereinbart, dass er auf eine Anzeige gegen den Täter verzichtet, falls dieser die Tat zugibt und er seinen Ring zurückerhält. Ich mache Ihnen daher den Vorschlag, darauf einzugehen. Sie müssten aber auch die Gegenstände zurückgeben, die Sie den anderen Gästen, Herrn Nenninger und Herrn Garsik, bereits abgenommen haben.«

Graz starrte in die Leere. Einen kurzen Moment sah es so aus, als sei er weggetreten, aber offenbar fasste er sich nun wieder.

»Also gut – ich bin einverstanden.« Er schien fast gelöst zu sein, als er nun sprach. »Herr Leonhardt wird sein Eigentum zurückerhalten. Das mit den übrigen Gästen erledige ich dann auch.«

Bernstein war erleichtert. Er hatte mit mehr Widerstand gerechnet. Nun aber konnte er die frohe Botschaft an Herrn Leonhardt überbringen. Er erhob sich.

»Damit wäre für uns der Fall abgeschlossen«, meinte er. »Das heißt – ich hätte gerne noch gewusst, wer denn diesen Gang eingebaut hat. Doch nicht Sie?«

»Nein, das Haus steht ja schon seit ewigen Zeiten, und der Gang wurde vom ersten Besitzer eingebaut. Die Adelsfamilie wollte etwas Besonderes haben – und so einen Geheimgang hat ja nicht jeder in seinem Haus.«

»Und wofür wurde er genutzt?«, wollte Juwlis wissen.

»Soviel ich weiß, für nichts.«

»Bis Sie dann auf die Idee mit der Klappe kamen ...«

»Ja, das war meine Idee. Ich habe sie vor einigen Jahren eingebaut. Unter meinen Gästen befanden sich immer wieder vermögende Herrschaften – ich habe der Verlockung nicht widerstehen können. Wenn jemand so aussah, als sei er sehr reich – möglichst noch mit Ringen und anderem Schmuck versehen –, dann habe ich ihm nach

Möglichkeit das Zimmer der Leonhardts gegeben. Es ging mir nicht darum, den wertvollsten Gegenstand zu stehlen, ich konnte ja auch gar nicht in die Schublade blicken und mir das Teuerste aussuchen. Wichtig war nur, dass sich der Gegenstand in Reichweite meiner Hand befand und möglichst klein war.«

Bernstein nickte nachdenklich. Genauso hatte er es sich gedacht.

»Gut; damit wäre alles klar. Ich würde mir gerne noch mal die Stelle unter der Schublade ansehen.«

Sie gingen hinauf in jenes Zimmer und rückten das Nachtschränkchen beiseite. Bernstein untersuchte die Stelle darunter noch einmal gründlich. Es war mit bloßem Auge nicht zu erkennen, dass sich hier unten im Boden eine Luke befinden sollte. Das Versteck war meisterhaft.

Bernstein ging in die Hocke. Er holte ein Messer hervor und fuhr damit vorsichtig an den Teppichfransen entlang. Er musste mehrmals ansetzen, bis er fand, wonach er suchte. »Wenn man hier mit dem Messer entlangfährt«, meinte er konzentriert, »dann spürt man eine winzige Furche.« Er tastete mit dem Messer vorsichtig das Viereck ab, das durch die Klappe in dem Holzboden gebildet wurde.

Plötzlich stutzte Herr Graz. Er deutete auf einen Bindfaden, der an einer der Fransen befestigt war und unter das weggerückte Schränkchen führte.

»Was hat es denn mit dem Faden auf sich?«, wollte der Hauseigentümer wissen.

Auf diese Frage hatte Bernstein gehofft. Die Idee mit dem Faden – sie hatte ihnen die Möglichkeit gegeben, den Täter mit seinen eigenen Waffen zu schlagen.

»Tja, das ist unser Geheimnis«, meinte Bernstein lächelnd. »Wir hatten einen Faden an den Fransen über der Klappe angebracht und ein Stofftier daran befestigt. Der

Faden führte von den Fransen durch das Nachtschränkchen hindurch. Das Tier thronte auf der Bettleiste direkt über Juwlis' Kopf. Wenn die Klappe von unten geöffnet würde, dann sollte das Tierchen meinem Kollegen auf den Kopf fallen – und so ist es wohl auch geschehen, nicht?«

Juwlis bestätigte dies lächelnd.

»Es fiel mir direkt auf den Kopf – dadurch wusste ich, dass die Klappe betätigt wurde. Ich war ja wach geblieben und griff dann sofort nach meiner Kamera.« Er wandte sich spitzbübisch an Herrn Graz. »Ich glaube, ich habe Ihre Hand gut getroffen, wie sie in der Schublade herumsuchte.«

Bernstein deutete zum Nachtschränkchen.

»Wir haben die obere Schublade herausgenommen, so dass man es sehen konnte, wenn eine Hand in die untere Schublade greifen sollte. Diesen Moment wollten wir als Foto festhalten.«

Bernstein wies in die untere Schublade hinein, in der sich dicht gedrängt Gläser, Zinnbecher, Schmuckstücke und Uhren befanden.

»Sehen Sie, wir haben hier viele Dinge hineingetan, damit Sie auch etwas finden konnten.«

»Überwiegend alles wertloses Zeug«, warf Juwlis ein. Erst jetzt hatte er Zeit, genauer hinzusehen; es war noch alles da. Sie hatten extra viele Gegenstände platziert, die etwas lauter klangen, wenn sie gegeneinanderstießen, so dass es für Juwlis leichter war, den passenden Moment für das Foto zu haben.

»Tja, ich bin gar nicht dazu gekommen, etwas mitzunehmen«, meinte Herr Graz. In seiner Stimme lagen Frust und Resignation, aber auch eine gewisse Erleichterung. Auf Bernstein wirkte er nun etwas sympathischer als zu Beginn seines Aufenthalts.

»Ich habe die Hand sofort wieder zurückgezogen, als ich merkte, hier stimmt was nicht.«

Bernstein löste den Faden wieder von den Fransen und auch vom Stofftier.

»Wir haben jetzt alles geklärt«, wandte er sich an Herrn Graz. »Sie legen sicherlich keinen Wert darauf, uns länger hierzubehalten?«

Graz nickte ernst. »Das mit den gestohlenen Sachen wird umgehend erledigt.« Er wandte sich an Juwlis. »Ich berechne Ihnen für die Zeit, die Sie hier waren, nichts ... Sie haben ja auch hier keinen Urlaub gemacht.« Er lächelte etwas gequält; dann wandte er sich wieder an Bernstein. »Eines hätte ich gerne noch gewusst. Wie sind Sie mir denn überhaupt auf die Spur gekommen? Sie sind mir ja offenbar nachgeschlichen.«

Bernstein nickte. »Ich hatte den Gang gestern ohne Ihr Wissen ausspioniert. Heute Nacht bin ich dann heimlich hier zum Haus zurückgekehrt; Herr Juwlis hat mich hereingelassen. Ich habe dann hier im Eingangsbereich auf Sie gelauert. Als Sie dann kamen und im Personalbüro verschwanden, bin ich Ihnen dann hinterhergeschlichen bis in den Gang hinein.«

Herr Graz nickte schweigend.

Eine Stunde später saßen die zwei Detektive zusammen mit Margot Bernstein, die noch mal zum Haus Graz zurückgefahren war, in Bernsteins Auto und fuhren heim zu ihrem Detektivbüro.

Bernstein war zufrieden. Mehr noch: Er fühlte Genugtuung bei dem Gedanken, einen Täter, der arglose Gäste mit einer hinterlistigen Methode bestohlen hatte, mit seiner eigenen Waffe geschlagen zu haben. Jahrelang hatte der Hauseigentümer seine Gäste mit der geheimen Luke narren können – nun hatte *sie ihn* verraten, mit Hilfe eines einfachen Stofftieres, das an ihr befestigt war. Höchstwahrscheinlich gab es noch mehr als nur die drei bekannten Diebstahlsopfer. Graz hatte ja, kaum dass der eine Gast abgereist war, gleich versucht, den nächsten zu bestehlen. Möglicherweise war es ihm deshalb auch leicht gefallen, Bernsteins Bedingung zu akzeptieren, den Opfern ihr Eigentum zurückzugeben; Bernstein hatte ja nur – abgesehen von Leonhardt – zwei Namen erwähnt, bei denen er sich sicher war, dass auch sie bestohlen worden waren. Es gab wohl noch andere Dinge von anderen Gästen, die er nun für immer behalten würde ...

Auch Paul Juwlis war in Gedanken noch ganz beim abgeschlossenen Fall.

»Er wirkte auf mich schon irgendwie merkwürdig, dieser Herr Graz. Schon als ich mit ihm zusammentraf, hatte ich nicht den Eindruck, einem normalen Hotelier gegenüberzustehen.«

Bernstein nickte. »Das war auch mein erster Eindruck. Ich habe intuitiv gespürt, dass es ihm nicht um das Wohl seiner Gäste ging, was man ja wohl erwarten würde von einem Gastwirt. Aber da war noch etwas ganz anderes, was mich stutzig machte: Als der Diebstahl geschehen war und Leonhardt mir davon berichtete, machte er überhaupt nicht den Eindruck, als würde ihm an der Aufklärung der Tat irgendwie gelegen sein. Er hat dies natürlich nicht direkt gesagt; aber es war zu spüren, und das machte ihn verdächtig. Immerhin fand die Tat ja in *seinem* Haus statt und betraf einen der Gäste.«

»Möglicherweise hat er auch nur deshalb einen weniger wertvollen Gegenstand geklaut, um den Besitzer davon abzuhalten, die Polizei einzuschalten. Auch kann man bei kleinen Gegenständen den Eigentümer leichter davon überzeugen, dass man das Ding vielleicht einfach nur verloren oder verlegt hat«, mutmaßte Juwlis. »Die Tatsache, dass bei einer Schublade mit sehr wertvollen Gegenständen nur ein weniger wertvoller Ring fehlt, spricht ja auch dagegen, dass ein Dieb am Werk war; der hätte normalerweise doch das Wertvollste genommen, wenn nicht gar den ganzen Schubladeninhalt.«

Bernstein nickte. »Auch die Gefahr, dass sich so etwas herumspricht, ist bei einem weniger kostbaren Schmuckstück geringer als bei einer 60.000-Mark-Uhr. Irgendwo muss er ja auch auf den Ruf seines Hauses achten. Andererseits ...«, er musste lächeln, »hatte er ja – wie er selber schon sagte – nur die eine Hand, um etwas zu ertasten; dadurch würde er schwerlich feststellen, welcher Gegenstand der wertvollste war, es sei denn, er hätte das Ding vorher schon gesehen und durch Ertasten wiedererkannt. Nein, er hatte wohl wirklich nur das genommen, was am leichtesten zu entnehmen war.«

Sie sprachen noch lange über den Fall. Schließlich kam das Ortsschild ihrer Heimatstadt in Sichtweite, und neue Fälle warteten auf das Detektivduo.